魔術狗臭臭

蕭逸清◎著
吳嘉鴻◎圖

目錄

1. 奇怪的臭臭

「臭臭，臭臭，我家有一隻老臭臭！」

個子瘦小，戴著黑框眼鏡的男孩小行哼著奇怪的歌，與同學大華走在夕陽染紅的放學路上。

「臭臭整天都在尿尿尿，拉拉拉！」背著書包的小行，隨著歌聲扭動屁股：

「拉拉拉！拉拉——拉！」

「好白痴的歌哦！」大華笑得像隻貓熊：

「誰是臭臭啊？」

「就是我家那隻超——級奇怪的狗啦。」小行說。

「超級奇怪的狗？」
「一隻很老很老的奇怪狗，牠比我爸爸還老哦。」
大華瞪大眼睛：「你唬爛，那有狗會比大人還老的！」
「真的啦，牠老得全身的皺紋都黏在一起，整天打呼睡覺，還會放很臭的屁！」
「就算牠真的很老，又有什麼超級奇怪的？」大華說。
「臭臭不只是老。」小行壓低聲音，神祕地說：
「牠還會『變魔術』。」
「騙人，狗怎麼會變魔術？」
「是真的啦！每次我把牠關在我家的鐵門外面，牠都會戴著一頂黑色魔術帽，從客廳裡面走出來！」
「一定是從後門跳進你家的啦。」
「我家在三樓耶！而且每次我想要整牠，都會莫明其妙地失敗。」小行嘟著嘴說：「今天我有一個新主意，要好好修理一下臭臭。」

小行跑進路邊的一家雜貨店，很快又跑出來，手上拎著一個塑膠袋。大華看見塑膠袋裡的東西，胖胖的額頭冒出冷汗：

「喂，這樣不好吧……」

「我才不管呢，你要不要來我家看我修理牠？」

「不要，我不敢！」大華搖著手。

「哼，膽小鬼。」

和大華分開以後，小行推開自己家公寓樓下的鐵門，躡手躡腳地走上三樓家門前面。

他用鑰匙悄悄地把鐵門打開，拉開一條細縫以後，看到一條老土狗睡在客廳地板上。

小行從塑膠袋中拿出一串鞭炮，用打火機點燃，露出奸笑。

「死臭臭，這次你可逃不掉啦！」

小行猛地拉開鐵門，把點燃的鞭炮朝睡在地上的臭臭丟了過去，轉身蹲下摀住耳朵。

「咦？」

小行忽然發現老土狗站在他的面前，頭上戴著一頂黑色魔術帽，半睜著睡眼看著他。

「臭臭！你不是在客廳……啊！」

小行嚇得腳軟拐到門欄，整個人摔到鐵門裡去。

轟轟轟！隆隆隆！

「呀呀呀！啊啊啊！」

熱鬧震耳的鞭炮聲與小行的慘叫聲，在門裡不絕響起。

臭臭打了個呵欠，趴下來繼續睡午覺。

2. 小行的霉運

為了不讓在家裡放鞭炮的事被發現，小行把客廳的鞭炮紙屑給掃過了，還噴了一些廁所的芳香劑來去除硝煙味。

但是回家的爸爸根本沒發現不對，只是把雞腿便當和智慧型手機往小行手上一放，就急著看他平板電腦上面的公司郵件。

「各保險業務員注意，下期業績的目標數字是……」

小行悶悶地一邊吃著便當，一邊用手滑著爸爸的手機玩遊戲。

「爸，你沒有發現我有什麼不一樣？」

「什麼？」爸爸沒有抬頭，還是看著平板電腦。

「我的手受傷了。」

「爸爸很忙，你先玩爸爸的手機哦。」

「你看我的手啦！」

小行生氣地把擦著紅藥水的手在平板電腦上一放，爸爸這才看到他被鞭炮炸傷的痕跡。

「咦？你的手怎麼受傷了，還有腳也是？」

「都是臭臭啦，是牠害我受傷的！」

小行正想編些理由讓爸爸處罰臭臭時，爸爸的手機響了起來。

「喂，王先生啊，您的理賠我已經在處理了……」

爸爸電話講了很久，又接了好幾通電話，小行等得都快睡著了。好不容易爸爸講完電話，媽媽才打開玄關鐵門走了進來。

「怎麼又這麼晚回家？」爸爸問。

媽媽把包包放下，疲憊地坐倒在沙發上。

「現在景氣這麼差，服裝店要開到很晚才能維持呀。」

「妳整天加班，孩子都看不到妳了。」

「如果他爸爸的薪水夠用，我就不用加班啦。」

「妳是在嫌我囉？」

「媽媽！」小行不想看到爸爸媽媽吵架。

「妳看我的手，我受傷了！」

「真的耶！」媽媽疼惜地拉著小行的手：

「你怎麼受傷了？會不會痛？」

「小行說是臭臭害的。」爸爸說：「這隻老狗我們都沒時間照顧，看獸醫和飼料也很貴，我看乾脆把牠丟掉好了。」

「對呀！丟掉牠最好了！」小行高興地叫著。

媽媽為難地說：「臭臭是我媽媽最疼愛的狗，在老家養了這麼多年，

難道媽走了我們就不要牠了嗎？」
爸爸哼了一聲：「現在物價一直漲，我們養小孩都快養不起了，哪裡還養得起一隻又老又病的狗？」
「我們養狗要有良心，要照顧就照顧到底。」媽媽說。
「妳連小孩都沒時間照顧了，還說什麼良心？」
「你怎麼這麼說——」
「爸！媽！你們別吵了啦！」
看著爸爸媽媽又吵了起來，小行在旁邊焦急地勸著。
趴在客廳角落的臭臭無精打采地放了個響屁，又趴著睡了。

小學的運動場上，上體育課的同學正在進行跑步測驗。
已經跑完的小行與大華坐在跑道旁邊，無聊地看著其他人跑步。
「你不是說要整你家那隻怪狗，怎麼自己受傷了？」大華問。

「煩死了，你別問啦！」小行不耐煩地說。這時有一隻毛色骯髒的老流浪狗，搖搖晃晃地從花壇後面走過。

「看那隻老野狗，髒死了。」

小行撿起身邊的小石子，朝那隻狗丟了過去。

「噢嗚！」流浪狗的後腳被打中，發出一聲哀號。

「你幹嘛丟牠？」大華問。

「哼，誰叫牠和我家的臭狗長得那麼像。」

小行又朝著狗丟石子，大華也模仿他丟，兩人把流浪狗丟得哀號不斷，吸引了體育老師的注意。

「你們兩個在那裡幹什麼！」

「慘了，是老師！」大華叫著。

流浪狗逃走了，高大的體育老師走了過來：「你們上課不好好上，竟然用石頭打狗？」

「狗又不是人，打流浪狗又沒什麼。」小行嘟噥著抱怨。

「動物保護法規定人不可以虐待狗，就算是流浪狗也不能欺負牠。」

「反正只不過是一條爛狗，我最討厭狗了！」小行說。

「你還在那裡狡辯！」體育老師生氣了：「下課以後，叫你們的家長過來學務處！」

放學的鐘聲響起，小學生們歡呼著離開學校。體育老師經過學務處，看到小行還坐在門內的椅子上。

「大華呢？」體育老師問。

「他媽媽來和主任談過，把他帶走了。」小行說。

「你的爸媽呢？有沒有打電話聯絡他們來學校？」

「媽媽說會來接我，不然爸爸也會來。」

「好吧，他們要和學務主任談過，你才能離開哦。」

體育老師走了以後，天色都暗了，小行一直在等爸爸媽媽，但是他們卻一直沒有來。

學務處的主任要回家了，看到小行還坐在椅子上。

「你的爸媽怎麼還沒來？」

「他們說會來接我的，一定快來了……。」小行低著頭說。

「天都快黑了，你快回家吧。」主任說。

小男孩眼眶泛紅，轉身跑走了。

明月在都市的高樓之間悄悄升起，小行垂頭喪氣地走在回家的馬路上。一個趕著衝過紅綠燈的行人從後面撞到小行，讓他的黑框眼鏡掉了下去。

「啊！」

小行還來不及撿，眼鏡已經被另一個路人踩得破了一邊。

「我怎麼這麼衰啊！」

男孩戴著半邊鏡片破掉的眼鏡，好不容易回到黑暗的家裡，濃厚的屎臭味讓他摀住鼻子。

「臭死了……」

小行打開電燈，看到在給臭臭方便的盆子裡，拉滿了稀巴爛的「黃金」。想到自己又是第一個回家，又要負責收拾屎尿，小行終於受不了了。

「臭臭！都是你啦！」

男孩衝到趴在客廳角落的臭臭身前，朝牠一陣亂搥亂打。

「臭狗！爛狗！我被老師罰站，眼鏡破掉了，都是你害的！」

老土狗連頭都懶得抬，一動也不動地讓小行又踢又打。

「每天我都要照顧你！餵你吃東西，幫你收大便，都沒有人要幫我！」

男孩越打越激動，最後乾脆大哭起來：

「為什麼爸爸媽媽不來接我！他們整天只會吵架……都是你害的！都是你害的啦！哇啊！」

小行淚水流滿雙頰，沒力地坐在地上。臭臭站了起來，往廚房走去。男孩坐在地上用手擦眼淚時，臭臭已經咬著一顆紅蘋果回來，放在男孩的面前。

「臭臭……？」

小行不可思議地看著臭臭。牠是一隻短耳朵豎起來的台灣土狗，黑色斑駁的皮膚皺巴巴的，狗毛幾乎都掉光了，眼珠子藏在深陷的皺紋下面。

「蘋果放在冰箱裡面，你怎麼拿到的？」

小行正在疑惑時，玄關的鐵門打開，爸爸提著便當走了進來：「小行對不起，爸爸今天客戶很多，沒有辦法去接你……好臭！」

爸爸摀住鼻子，看著客廳角落的便盆。

「臭死人了，臭臭又拉了這麼多啊！」

「對呀，牠真的很會拉。」小行說。

「你那個媽媽真是氣死我了，說她要加班就要我去接你，也不管我是不是有時間。」

爸爸動手收拾狗大便，越說越氣：「既然媽媽都這麼晚回家，我們乾脆把臭臭給丟了，反正她也不知道。」

「咦？真的可以把牠丟掉嗎？」

小行抬起頭問，爸爸看著手中便盆裡的大便，嘆了一口氣：

「反正牠都這麼老了，我們就把牠『放生』吧。」

3. 變化橫生

烏雲密布的秋夜飄下陣陣細雨，灑落在車燈流動的高速公路上。爸爸開著一輛白色轎車，載著後座的小行與臭臭。

「既然決定要丟，我們就把臭臭丟得遠一點，讓牠沒有辦法跑回家。」爸爸看著看著打在車窗上的雨點說。

「可是……」

小行看著身邊的臭臭，老土狗被套上了狗繩，牠像平常一樣睡著，還發出陣陣的鼾聲。

「你平常都吵著要丟掉臭臭，現在不是應該很高興嗎？」爸爸問。

小行想到臭臭剛才給自己的蘋果：

「是沒錯……可是牠有點奇怪……」

「不過就是一隻雜種老土狗，有什麼好奇怪的。」

就像是在為自己的行為找理由，爸爸嘴裡不停碎碎唸著：

「我們在公寓裡養了臭臭兩年，已經對你外婆很有情義了。狗飼料花了我們不少錢，把牠丟了，媽媽也可以少加點班……」

也不知道過了多久，雨夜的高速公路旁出現「新竹交流道出口」的告示牌，爸爸向出口的交流道開去。

「丟到新竹也夠遠了吧，臭臭不可能跑回台北來。」爸爸說。

爸爸把車開到交流道下面的馬路旁停下來，這時雨變大了，爸爸撐著雨傘走下車，把後座的臭臭牽了出來。

「我把臭臭帶到那邊的樹林裡放生，你在車裡等我。」

小行透過打開的車門，看著在大雨裡爸爸牽著老狗過了馬路，走到路旁的一片雜樹林裡。

想到那一顆蘋果，小行忽然想要再看臭臭一眼。他冒著大雨走下車，破掉一邊的眼鏡很快就被雨打溼了，看不清楚前面。

「臭臭，不要怪我，給你自由地去吧。」

爸爸在樹林裡解開臭臭的項圈，老狗皺紋下的眼睛忽然睜大，大聲吠叫：

「汪——汪汪！」

「臭臭？」

臭臭大叫著向著樹林外跑去，爸爸撐著雨傘跟在後面。他們看到在黑暗的雨夜馬路上，一輛載滿土石的砂石大卡車從平交道上疾駛下來。

在大卡車的前面，小行搖搖晃晃地想要走過馬路。臭臭向著小行跑去，爸爸嚇得大叫：

「小行——危險！」

叭！叭叭！

小行看不清楚前面，聽到砂石車的刺耳喇叭聲，才發現車燈朝著他直衝而來。砂石車司機緊急煞車轉向，但是已經來不及了。

「啊——！」

尖銳的煞車聲及喇叭聲中，男孩像是一片枯葉般飄飛起來，跌落在路面上滾了幾圈。臭臭和爸爸朝著他跑去。

「汪！汪汪！」

「小行！」

小行躺在地上，大雨打在他被血染紅的視線裡。

模糊的意識裡覺得有一些人跑了過來，爸爸抱著他大叫。遠處傳來救護車的響聲，意識慢慢地遠離他。

冰冷的夜雨一直沒有停歇，救護車把小行受傷的身體和爸爸載走以後，圍觀的幾個路人也慢慢散去。

誰也沒發現雨中還有一隻老狗，以及一個光芒小男孩躺在地上。

臭臭站在發光的小行旁邊，用舌頭舔著他的臉。小行的身軀由微弱光芒形成，好像隨時會消失。

蒼老的狗臉上，混濁的眼球悲傷地看著小行。

臭臭像是下定決心般用後腳站了起來，一頂魔術帽出現在牠的手上。

柔和的光芒從帽子裡發出，把光芒男孩包圍起來。

小行的身體逐漸變小，改變了形狀。

4. 小行是小狗

清晨的陽光從雲層的縫隙裡落下，照亮了雨夜後的大地。

交流道下的大馬路邊，積水的水窪旁睡著兩隻狗。一隻是臭臭，另外一隻是黃毛的小土狗。

「這裡是……什麼地方？」

小土狗慢慢睜開眼睛，用小行的聲音說話。

「我怎麼會睡在這裡呢？」

變成小狗的小行抖抖短尾巴，站了起來。他沒有戴眼鏡，眼前的世界有點模糊。忽然有一輛汽車從他面前疾駛而過，嚇了小行一跳。

「好大的車子！」

小行抬頭看著汽車與卡車在馬路上經過，每一輛車都像山一般巨大。

「我想起來了，昨天晚上我和爸爸去丟臭臭……可是我怎麼會睡在這裡呢？」

小行左右張望，看到前面的路口有一個交通警察，就朝他跑了過去。

「警察先生，我要回家！我要回家！」

交通警察聽不懂小行的話，只看到一隻小狗在腳邊汪汪叫。

「嘿，哪裡來的小野狗？」

「我不是小野狗，我是人！」

小行生氣地叫著，他覺得這警察簡直像巨人一樣高。

「去，去！別影響我指揮交通。」

「嗅嗚！」

小行被警察的鞋子踢中屁股，夾著尾巴跑開了。

「怎麼搞的，他聽不懂我的話……媽媽、爸爸！你們在哪裡？」

小狗停下來擦汗，他這時才發現，自己的手變成了狗的前腳。

「這是我的手？」

小行看著路邊的水窪，水面倒映著一隻黃色的小土狗。小行朝著那小黃狗比手畫腳，那狗也跟著比手畫腳。

「難道我……變成一隻狗了？」

小行用力地朝著水面一陣亂踩，水面平靜以後，映出的還是一隻小狗。

「怎麼可能……這樣子我怎麼回家……媽媽！爸爸！」

小行驚慌得快要哭了出來，忽然有一根堅硬的鐵棒敲向他的屁股，疼得他大叫：「噢嗚——！」

「嘿嘿嘿，哪來的生面孔啊？」

小行抱著疼痛的屁股回頭，一隻黑毛鬥牛犬和一隻灰毛杜賓狗，像人一樣雙腳站立在他的後面。

黑毛鬥牛犬的大嘴嚼著碎骨頭，臉上有刀疤，肩膀上扛著一根廢鐵棒。灰毛杜賓狗咬著一根破菸桿，脖子圍著髒圍巾，露出狡猾的笑容。

「狗怎麼會用兩隻腳走路……咦，我也可以耶？」

小行發現自己也可以用後腳站起來，前腳像人的手一樣活動。

「小鬼！你是從哪一隻狗的地盤來的？」鬥牛犬搖晃著手中的廢鐵棒，看來剛才就是牠打小行屁股的。

「地……地盤？」

「這裡是黑霸老大的地盤，你進了我們的地盤，要來和我們打招呼。」杜賓狗吐出一口煙圈說。

「我又不是狗……」

「汪！你還裝傻？」

鬥牛犬突然猛吠一聲，把小行嚇得四腳發抖。

「恁爸叫黑金，他叫灰金，哪一條狗聽到我們的名字不嚇到撇尿？」

「喂，這小鬼細皮嫩肉的，不如……」

灰金在黑金的耳朵旁竊竊私語以後，咬著菸桿，把前腳搭在小行肩膀上：「小弟弟，你迷路了是嗎？」

「對……你知道我爸爸在哪裡嗎？」

「知道，我的情報最靈通了，有什麼事情我不知道的。黑金你說是嗎？」

黑金楞了一下，灰金用腳踩了牠一下。

「對！對啦！」

「叔叔帶你去找爸爸，跟我來吧。」

灰金奸詐地笑著，小行害怕地搖了搖頭。

「媽媽要我不可以跟陌生人走。」

「我們不是陌生人，是陌生狗，沒關係的啦！」灰金笑著和黑金把小行給抓住，小行嚇得尖叫：

「綁架啊！救命啊！」

「放開他！」

一道蒼老中帶著威嚴的吼聲響起，讓兩隻惡狗停住動作。

「誰？誰敢管恁爸的好事？」黑金咆哮。

「狗的魔術師！」

路邊的草叢突然飛出幾隻雪白的大鴿子，朝著灰金與黑金衝了過去。

牠們吃驚地左右閃避，手裡卻突然一輕。

「小鬼不見了！」

惡狗們發現被牠們抓住的小狗不見了，一隻黑毛老土狗站在牠們面前幾公尺的地方，左手牽著小行，右手拿著一頂黑色的魔術帽。

「你是……臭臭？」

小行看見臭臭不再老態龍鍾，昏昏欲睡，而是神情威嚴，目光銳利。臭臭右手高舉魔術帽，把鴿子招回帽子裡。

「誰叫你亂跑的？戴上！」臭臭拿出小行的黑框眼鏡給他，警戒地看著惡狗。小行把破掉一邊的眼鏡戴上，總算能看得比較清楚了。

「聽你在放屁，狗哪裡會變魔術！」

黑金舉起廢鐵棒大吼，臭臭哼了一聲：

「老頭子很久沒回新竹，沒想到欺負小狗的垃圾狗變得這麼多。」

「有嗎？在哪裡？」黑金左右張望。

「你還在看哪裡，垃圾狗？」臭臭從魔術帽裡拿出一塊大紅布，把它抖了開來。

「你說什麼！」黑金想要撲上去，卻被灰金拉住。

「黑霸老大說過，幾年以前新竹有一隻老狗叫作『魔術師』，會變很奇怪的魔術，該不會就是你？」

「管他是誰，先打了再說！」

黑金怒吼一聲，拎著鐵棒朝臭臭衝了過來。臭臭雙手攤開大紅布，在鬥牛犬接近時用力一抖，黑金的頭突然撞到旁邊的電線桿上。

「嗚噢！」

「白痴，你幹嘛撞電線桿？」灰金叫著。

「我是朝著那老狗衝過去啊？」黑金還在發愣時，臭臭又從魔術帽裡拔出來一支白晃晃的西洋劍：

「垃圾狗，看劍！」

臭臭握著西洋劍往黑金戳了過去，閃避不及的黑金被戳中肚子，整個劍身都插了進去。鬥牛犬摀著劍柄倒在地上。

「哇啊！恁爸肚子破啦！」

黑金抱著肚子在地上左右打滾，灰金也被嚇呆了。臭臭拉著小行的手向後就跑：

「趁現在快走！」

「救命哦！殺狗哦！」小行和臭臭跑掉以後，黑金還在地上打滾哀號，灰金發現不對勁：

「喂！你抓著一根劍柄幹嘛？」

「咦？」

黑金突然發現自己雙手摀著的，是一支劍身可以收到劍柄裡的西洋魔術劍，牠的肚子上面沒有傷口。

「我們被騙了！」灰金罵了一聲，看著臭臭跑掉的方向：

「那個魔術師是老大要找的狗，快追！」

臭臭拉著小行一路奔跑，跑到了一條偏僻的小路上。

「臭臭，你殺了那隻狗！」小行大叫。

「呼……呼……那只是障眼法……」臭臭氣喘吁吁，老得禿掉的尾巴垂下，好像快要跑不動了。

「我是在作夢嗎？為什麼我會變成一隻狗？」小行問。「為什麼狗會站起來，還會像人一樣說話？」

「呼……沒時間解釋，你的鼻子比較靈，聞得到那兩隻壞狗嗎？」

小行抬起狗鼻子聞了聞，發現自己的嗅覺變得非常靈敏，他在周圍的青草味、泥土味和廢氣味中，聞到了惡狗的臭味。

「他們離我們越來越近了！我們不是逃了很遠嗎？」

「狗的鼻子很靈，所以他們可以追過來。那兩隻狗的老大很壞，不能被他們抓到……咳咳！」

臭臭劇烈地咳了起來：

「我真的老了，跑一下就……咳咳咳！」

「那該怎麼辦？壞狗要來了！」小行叫著。

「先躲起來……」咳嗽著的臭臭拉著小行，爬上路邊山坡的草叢裡。

灰金和黑金從小路的另一頭跑了出來，黑金趴在地上聞了一聞，朝小行他們藏身的草叢獰笑：

「嘿嘿嘿……找到了！看恁爸怎麼修理他們！」

「那老頭會變奇怪的魔法，我們要用包圍的，才不會又被跑掉。」灰金說。

5. 優雅的公主

山坡的另一邊，有一間三層樓的漂亮歐式別墅，庭院的鐵柵門外掛著「出售中」的牌子。

一隻白色的母貴賓狗在別墅庭院裡，看到山坡上臭臭和小行躲在草叢後面，牠站起來叫道：「老先生，小朋友，你們在做什麼？」

「小姐……咳咳……有兩隻壞狗在追我們。」臭臭回過頭說。

「壞狗？」

白貴賓狗看到在草叢的前方，黑金和灰金鬼鬼祟祟地靠近，貴賓狗趕緊把鐵柵門給推開一條細縫：

「壞狗就在你們後面，快點過來！」

「小行，快跑！」臭臭拉著小行朝著洋房跑去，黑金和灰金見狀也衝了過來。貴賓狗在牠們跑進鐵柵門的一瞬間把門推上，黑金的頭撞在鐵柵門上面，痛得眼冒金星：

「臭女人……快把門打開，恁爸要抓這兩隻狗！」

「先生們，您們為什麼要抓他們？」

貴賓狗把鐵柵門下面的鎖鍊扣上，不讓惡狗進來。

「小姐，我們老大是黑霸，妳應該有聽過吧。」灰金奸笑著說。

「黑霸？我的天啊！」

貴賓狗花容失色地叫著，黑金大罵：

「快把那兩隻狗交出來，不然等我的老大來，妳就慘了！」

母貴賓狗回過頭來，看到小行害怕的表情。

「先生們，請您們走吧，我不會開門的。我是名門淑女，不會讓我邀請的客人受辱。」

「該死的，快開門！」

黑金抓著鐵柵猛搖，和灰金又在門口咆哮了一陣：「哼！不要以為跑得掉，恁爸會再來找你們算帳！」

黑金與灰金放了狠話以後，倖倖然地走了。小行和臭臭這才鬆了一口氣，坐倒在地上。

「呼……小姐，謝謝妳救了我們。」臭臭說。

「那兩隻野狗很壞的，聽說有很多狗被他們帶走，就再也回不來了。」白貴賓狗說：「我是公主，你們好。」

公主站姿挺直優雅，雪白捲毛修剪得非常漂亮，就像是穿著白紗禮服的漂亮小姐。臭臭走上前，握住公主的手背輕輕一吻。

「美麗的公主，我是臭臭，他是我朋友的孫子小行。」
「唉呀！您真有紳士的風度。」公主笑了。「小行真可愛，我第一次看見戴眼鏡的狗寶寶。」
「小狗狗，我不是狗，我是人……啊！」
臭臭忽然咬了小行的尾巴一下，痛得他跳了起來。
「公主小姐，我有些話想和這孩子說一下。」
老土狗把小行拉到一邊，嚴肅地說：
「小鬼頭，不要讓別的狗知道你是人類。」
「為什麼？」
「你以為每隻狗都喜歡人嗎？」
「不是那樣的嗎？」小行不解地搖頭。「對了，為什麼狗會站著走路和講話？」
「狗眼中的狗和人眼中的狗不一樣，在我們的世界裡，狗的動作對話

與人類差不多……咳咳！」

臭臭咳了幾聲以後，再慢慢地解釋：

「比如說像我和你說的話，聽在人類耳中就是汪汪叫。我們站著跑步，用手拿東西，在人類眼中就是用四隻腳跑步，用嘴咬東西。」

「還有這樣子的啊？」小行覺得很奇妙，原來他討厭的狗，眼裡的世界竟然是這樣的。

「可是我為什麼會變成狗？爸爸去哪裡了？」

「你被經過的卡車撞了，身體受到重傷被救護車送走，靈魂卻留在原地。」

「什麼……？」

「現在的你，只是一隻從靈魂變成的小狗。」

「那我不就死定了？不要！我不要這樣子死掉！」小行大聲哭了起來，公主走過來問：

「小行，你怎麼啦？」

「不要！我不要死！」

「你好好的怎麼會死呢？」公主摸著小行的頭安慰：「我們去吃點東西，心情會好一點哦。」

公主帶著臭臭與小行到別墅的庭園裡，庭園的圓形噴水池旁有一間漂亮的大狗屋，牆面鑲著彩色磁磚，還有專門給狗玩水的小池子與玩具。庭園的花圃鮮花盛開，十分雅緻。小行趴在花圃旁邊，嗚嗚哭泣：

「我就要死了……嗚！嗚！」

「其實你還不一定會死。」

「真的嗎？」小行抬頭，臭臭看著遠方嘆了一口氣：「只要能找到你的身體，讓靈魂回去的話……」

小行還想追問時，公主從狗屋裡走了出來。牠的手上端著盤子，上面放著幾個打開的高級狗食罐頭，還點綴著鮮花香草。

「對不起，主人不在家，沒什麼點心好招待您。」

「哪裡，這比我以前吃的好幾百倍。」臭臭說。

「哼！」小行哼了一聲。

「小行，吃點東西心情會好一點哦。」公主把狗罐頭端到小行面前，小狗厭惡地撇開頭：

「我才不要吃狗食，好噁心！」

「別挑剔，有得吃就不錯了。」臭臭說。

「不要！我要吃漢堡，我要喝可樂！」

臭臭也不理他，只是慢慢地嚼著狗食，一副享受美味的樣子。小行看得肚子咕嚕咕嚕叫，忍不住走了起來，在庭園裡東看西看。

「公主，妳的狗屋好漂亮哦！」

「謝謝你的稱讚。」公主笑著說。

「妳的主人一定很寵妳。」小行說。

「他們是最好的主人。主人常說我是英國來的貴族狗，是他們家的公主，要住在最貴的狗屋。可是……」

公主朝別墅主屋望去，它的門和窗戶全都關上，上面還貼了膠帶封條，顯然裡面沒有人在。

「主人從上個月開始，不知怎麼就變了。他常常罵女主人和傭人，說什麼他的公司被倒帳，要賣掉房子之類的。」

公主顯得十分不安：「前天有人來把傢俱搬到卡車載走，主人到現在也還沒有回家，到底是怎麼了？」

小行抬頭看到屋子上掛著的「出售中」招牌，眼睛一亮：

「我知道，妳的主人已經搬家了！」

「搬家？你怎麼會知道？」

「妳沒看到那個招牌的字嗎？」

「我看不懂人類的文字。」

「那裡寫著出售中，就是這個房子要賣掉的意思……呀！」小行的尾巴又被臭臭咬了一下。

「你幹嘛又咬我啦！」

「給我過來。」臭臭把小行拉到旁邊。「你的廢話太多了。」

「可是……」

「你看。」

臭臭指著公主，白貴賓狗焦慮地在花園裡走來走去，自言自語：

「主人搬家了？不可能，他們怎麼沒有帶我一起去呢？」

「主人那麼愛我，每天都幫我梳毛美容，我都對客人表現高貴的禮貌……」

「公主，妳怎麼了？」小行走到貴賓狗的身邊，牠突然抓住小行的手：

「小行，主人沒有不要我吧？我的狗屋雖然好幾天沒整理了，不是還很漂亮嗎？我的毛色也還是這麼潔白，我……我是他們的寶貝公主啊！」

公主發紅的雙眼盯著小行，讓他有點害怕：

「放……放心啦，就算他們搬家，也會回來接妳的。」

「真的嗎？」

「真的！」小行有點心虛地說。公主鬆了一口氣，語氣又輕柔起來：

「你們還要不要再吃點東西？我還有很多狗餅乾，很好吃的……」

「不，我們該走了。」臭臭站了起來。

「這孩子的父母在擔心他，他得趕快回家。」

「哦！瞧我粗心的。」公主溫柔地摸著小行的頭：

「你要趕快回家，不要讓爸爸媽媽擔心哦。」

公主送小行和臭臭到別墅大門前，小行用力嗅了幾下，沒有聞到附近

有壞狗的味道。

「小行，還不說謝謝公主。」臭臭說。

「謝謝公主。」小行老實地道謝以後，小聲地說：

「公主……妳的主人可能……」

「嗯？什麼？」

小行還想再講什麼，但是在臭臭的眼光注視下，又閉上嘴巴。公主握著他們的手，露出高雅的笑容：

「請你們務必再來玩，我和主人會好好招待你們的。」

「再見了，請不要太勉強。」臭臭說。

「嗯！老先生您也請保重，小行，再見囉！」

6. 黑霸與大狼

初秋的太陽挾著夏日的餘威，把柏油路曬出蒸騰的熱氣。小行和臭臭走在柏油路邊，小行伸著狗舌頭不住喘著氣，臭臭戴著魔術帽遮陽，蒼老的身軀搖搖晃晃的。

「好熱……臭臭，你那頂帽子到底是藏在哪裡，為什麼每次都能變出來？」

「祕密。」

「哼！不說就算了。公主的主人真的會來接她嗎？」

「你是人類，應該比我更清楚。」

「應該會吧。她是名種狗，又那麼漂亮。」

「你真的這麼想？」

「我……」

「丟掉狗的理由太多了。」老狗因為年老而混濁的眼珠，瞥了小行一眼：「人類有一百種理由養狗，就有一萬種理由把狗丟掉。」

「你怎麼知道？」

「我以前也是一隻流浪狗，看過太多被主人丟掉的可憐小狗。後來我被你外婆收留，要不是她，我也懶得理你，就讓你死掉算了。」

「你怎麼這麼說？我可是你的主人耶！」

「主人？」臭臭停下腳步，回過頭看著小行：

「你為我做過什麼事情？」

「我……有餵你吃飯啊。」

「一丁點狗飼料加上餿掉的剩菜，而且還把蟑螂與沙子摻在裡面？」

「那……那是……」

「用曬衣夾子夾我、用書包丟我？」

「我是在和你玩嘛。」

「用打火機燒我的尾巴、把我趕到鐵門外面、用腳踢我踩我？你是這樣和我玩的？」

「你只是一隻狗耶！」小行忍不住叫了出來：「我是人，人要對他養的狗做什麼都可以吧！」

「……」

臭臭沒有說話，只是盯著小行看。

小行把頭轉開，不敢直視臭臭蒼老的眼神。

「狗……也是有靈魂的。」臭臭說。

「什麼？」

忽然臭臭感到了什麼，警戒地回過頭來。

一道黑影倏地從路邊的草叢裡衝出，朝臭臭撲了過去。老狗不及防

備，被黑影壓在下面。

「臭臭！」小行尖叫。

黑影原來是鬥牛犬黑金，牠用力壓制著臭臭：

「嘿嘿！這下你就變不出魔術了吧！」

「你竟然躲在上風處……我太大意了！」臭臭掙扎著。

馬路的轉角走出十幾隻流浪惡狗，牠們的皮膚上滿是刺青，手上拿著鐵棍或木棒，一副凶神惡煞的模樣。

惡狗群推著一張下面裝著滾輪的豪華沙發椅，一隻西藏獒犬懶洋洋地坐在沙發上，手上抓著一根大雞腿啃著。

西藏獒犬脖子長滿像獅子的鬃毛，肚子肥胖鼓起，像一顆很大的黑毛肉球。

「黑霸老大，我抓到魔術師啦！」黑金壓著臭臭大叫。

「好，推過去。」黑霸老大說。

幾名手下把滾輪沙發推到臭臭的前面，黑霸老大睥視著臭臭，突然一揮手，將雞腿砸到黑金臉上。

「怎麼對魔術師大哥這麼沒禮貌？快把他扶起來！」

黑金害怕地放開臭臭：「是的，老大！」

「不要碰我！」

幾隻惡狗想要把臭臭扶起來，卻被牠推開，自己站了起來。小行害怕地縮在旁邊發抖。

「嘿嘿，魔術師大哥……幾年不見，大哥還是很有精神啊？」黑霸說。

「呸！敗類，誰是你的大哥？」

臭臭不屑地向地上吐了口口水，惡狗們大聲咆哮：

「你這老狗，敢對老大無禮！」

「打死他！」

「吵什麼，都給我閉嘴！」黑霸伸手制止手下，狡猾笑道：「嘿嘿，大哥的火氣還是這麼大。這個戴眼鏡的小鬼，和你有什麼關係？」

看到黑霸打量著自己，小行縮起身子。

「他和我沒有關係。」臭臭說。

「那麼我把這小鬼帶走，也不關大哥你的事了。喂，把這小鬼送到『幸福』那裡去！」

黑霸粗肥的狗掌一揮，灰金和黑金走到小行身旁，從左右把他給架住。

「幸……幸福是什麼？」小行怕得四腳發抖。

灰金奸笑：「不用害怕，去了那裡的狗都很幸福啦！」

「有大魚大肉可吃，幸福得很啦！」黑金拍著肚子大笑。

「慢著！」

在小行就要被拉走的時候，臭臭突然吼叫一聲：

「黑霸，你要我做什麼，就放明了說。」

「大哥果然聰明。」黑霸嘻嘻笑著：「我想知道的，就是全世界的狗都想知道的那個祕密。」

「我聽不懂。」

「唉喲，就是那個……『狗到底能不能進天堂』？」

老土狗的頭抬起來，大笑幾聲：

「哈哈哈！你就想問這個？我不知道。」

「呼咻！」黑霸吹了聲口哨，黑金把小行的前腳用力扭轉，痛得他大聲哀號：「好痛！痛！」

「大哥，現在你想說了嗎？」黑霸笑著。

臭臭嘆了一口氣：「好吧，不過這個祕密只能說給你一個人聽。」

「嘿嘿，算你識相。」黑霸大笑。

臭臭走到沙發旁邊，嘴巴靠到黑霸的耳朵旁邊。

「那個祕密就是……這個！」

老土狗雙手用力把滾輪沙發一推，沙發倒下，黑霸巨大的身體像球一般滾了下去。臭臭跳到黑霸背上，雙腳不停用力踩蹬，像雜技演員表演滾大球似的向前邁進。

「老大！」眾惡狗大叫。

「哇——啊啊啊——」黑霸被轉得頭都昏了，灰金和黑金也慌了手腳，臭臭操縱大球從群狗間滾過：

「小行，上來！」

「臭臭！」

臭臭抓住小行伸出的手，把他拉到黑霸的背上。「好久沒玩馬戲團滾大球了，正好來陪你們玩玩！」

「哇啊啊啊——」

臭臭操縱著黑霸大球壓過幾隻惡狗，從馬路旁邊的斜坡滾了下去，群狗在後面追。突然有個老人從斜坡旁邊的巷子，推著一輛廢紙回收推車走了出來。

「糟了！」臭臭和小行大叫。

轟隆——！

黑霸大球撞在老人的推車上，臭臭和小行飛出去摔在地上。黑霸滾了兩圈，搖搖晃晃地站了起來，指著小行他們：「別……給他們……跑了……」

黑霸仰天倒下，吐著舌頭昏了過去。

「黑霸老大！醒醒啊！」

正午的馬路斜坡邊，一群惡狗緊張地圍著昏過去的西藏獒犬。摔倒在地上的臭臭苦撐著站了起來，右腳踝擦傷得很嚴重。

「臭臭，你的腳流血了！」小行驚叫。

「咳咳……還呆在那裡幹嘛？你快逃！」臭臭從背後推了小行一下。

「可是你……」

「走！」

臭臭怒吼一聲，從魔術帽裡拔出西洋長劍，和追過來的惡狗手中鐵棍搏鬥起來。小行嚇得臉色蒼白，也不知道要不要逃跑。

被黑霸撞到廢紙回收推車的拾荒老人，驚訝地看著狗群搏鬥。在老人眼中的世界，他是看到一群野狗圍著一隻老土狗猛咬。

白髮稀疏的老人拿起推車上的拐杖，兩手朝著野狗群刺了過去：

「死狗啊！欺負老狗算什麼英雄好漢？」老人用濃濃的山東腔罵道：

「看俺老連長……刺槍術的厲害！」

「汪嗚！汪汪！」

惡狗群十分囂張，連老人的驅趕都不怕，只是不停圍著臭臭亂咬。臭臭年老力衰，一下子就被壓在地上咬得遍體鱗傷。

「死狗！滾開！」老人大叫。

「嗅嗅嗅嗚——！」

忽然一道很像野狼叫聲的高亢狗嚎聲，從馬路旁的山坡上響起。山坡上出現了一大群流浪狗，一隻身材高大的獨眼大狼犬，站在狗群前方高聲嚎叫。

「那是狼，還是狗？」小行驚呼。

獨眼狼犬抬高前腳，威風凜凜地呼喝：

「大狗隊，衝鋒！」

「衝啊——！」

黃金獵犬、拉布拉多狗、秋田狗、混種狗……數十隻大型流浪狗吠叫朝著惡狗群衝了下來。惡狗群看到這種聲勢，不由得尾巴下垂，轉身逃跑。

「可惡，是桃花源的那群臭狗！」灰金大叫：「把老大抬起來，我們撤退！」

十幾隻惡狗慌張地抬起黑霸，跌跌撞撞地逃走，留下倒在地上的臭臭。

「臭臭！」小行跑到臭臭旁邊，老土狗身上被咬出幾道很深的齒痕傷口，鮮血流出。

「呼……呼……」拾荒老人撐著拐杖喘氣，對領頭的獨眼狼犬說道：「大狼，還好有你們來幫忙，不然真被那些瘋狗咬死了！老連長沒死在八年抗戰，死在狗嘴裡就好笑了。」

老人伸手想摸大狼的頭，大狼卻躲開了。老人苦笑了一下：「你還是這麼討厭被人碰啊。你們都跟俺走吧，今天有你們好吃的。」

狗群高興地叫了起來，小行眼看傷口流血的臭臭已經是出氣多，入氣少，忍不住哭喊：

「臭臭！不要死啊，臭臭！」

「那隻小狗怎麼叫得那麼傷心啊？」

拾荒老人走到臭臭和小行的身旁，俯下身察看。

「哈哈，這條老狗和俺挺像，都是又老又病，只剩一口氣。碰上俺啊，算你好運氣。」

老人用布條包紮臭臭的傷口止血，將老狗抱到推車的廢紙上，推著走了。狗群都跟著他走，小行正在猶豫時，一隻前腳放在他的肩上，是那隻大狼犬：

「小朋友，跟我們走，如果你想要救那隻老狗的話。」

「你……你們要去哪裡？」

獨眼狼犬露出神祕的笑容：「桃花源。」

7. 狗的桃花源

黑暗的世界裡，小行發現自己還是一個小男孩，在路邊看著爸爸牽著臭臭，走到對面的樹林。

「永別啦，臭臭！再也不會見到你了！」

小行笑著揮手，一回頭，卻發現爸爸已經開著汽車離去了。

「爸爸！你要去哪裡？」

爸爸的聲音傳來：

「永別了，小行！養你太麻煩了，我要把你也給丟掉！」

「爸爸，不要走！」

小行嚇得哭了出來，追在汽車的後面，卻不小心跌倒。當他站起來時，發現自己變成了一隻小狗：

「爸爸，不要走！我不是狗，不要拋棄我！」

小行正在大哭時，爸爸的車子慢慢停了下來，小行高興地追了上去。

但是推開車門下來的卻是黑霸、灰金及黑金。

「嘿嘿！小鬼，我瞧你能跑到哪裡去！」黑霸嘿嘿笑著。

小行害怕地後退：「不要……爸爸！臭臭！救我！」

「臭臭已經被你們丟掉了，不會來救你啦！」灰金奸笑。

「不要——不要抓我！」

小行被黑金牠們抓住，流著眼淚拚命掙扎：

「爸爸！爸爸！臭臭！臭臭——！」

小行在自己的尖叫聲中驚醒，他喘息幾聲以後，伸手擦著臉上的汗水和淚水。看到自己的手還是一隻狗腳，小行嘆了一口氣：

「原來是作夢啊……」

小行把眼鏡戴上，他躺在一間廢棄營房的雙層鐵床下層，月光從破舊的木窗裡透了進來。

營房內的地板與十幾張鐵床上都睡滿了流浪狗，混種狗與名種狗都有。牠們有的還戴著項圈，有些有皮膚病，但是一隻隻都睡得很安穩。

「我想起來了，這裡是一個叫作桃花源的地方。」

小行和臭臭被大狼犬救了以後，和牠們一起走，來到一個棄置的鄉間軍營。軍營裡有很多流浪狗，他和臭臭被安排在這個營房休息。

「臭臭……」

小行看著身邊的臭臭，老土狗正皺著眉頭睡覺。牠的傷口已經由老人治療包紮，但是呼吸還是因為傷口抽痛而難熬著。想到臭臭為了救自己而被咬成重傷，小行不由得伸手摸摸牠。

「咦？」

一條白色的小狗尾巴忽然從上層鐵床的邊緣垂下，俏皮地搖晃著。小行好奇地伸手想抓，卻被尾巴閃開。

小行走到床下向上看去，那條尾巴的主人是一隻雪白的西施犬。牠的頭上戴著粉紅色蝴蝶結，全身長毛梳成小洋裝的裙擺，大大的黑色眼珠子很靈活，就像一個可愛的小女孩。

「新夥伴～你好。」西施犬揮著手打招呼。

「妳是誰？」

「噓……跟我來吧。」

西施犬從上層床靈巧地跳了下來，朝著門口方向走去。小行摸了摸眼鏡，好奇地跟在後面。

兩隻小狗走到營舍門外，忽然一隻躲在門邊的棕色拉布拉多狗，伸出大手把小行給整個抱起來。

「哇！你幹嘛？」小行嚇得大叫。

「哇什麼哇？聽好啦！」一隻四條腿很短，身體卻很長的黑色臘腸狗跳了出來：「此路是我開！」

拉布拉多狗慢吞吞地說：「此……此樹是我吃？」

「笨蛋！此樹是我栽！」臘腸狗叫著。

「此樹是我栽！」

「若要由此過！」

「留下……買路栽哎喲！」

西施犬生氣地踢了臘腸狗和拉布拉多狗屁股各一下：「大腸！拉不多！你們在幹什麼！」

「對新來的小狗下馬威呀喲！」大腸又被踢了屁股。

「是大腸要……我這麼做的。」說話很慢的拉不多把小行放下，伸出大舌頭舔著他的臉，小行被舔得滿臉都是口水。

「哇，別這樣！」

「對不起，他們看到有小狗來，高興過頭了。」

西施犬笑嘻嘻地說：「我叫『妹妹』，這隻吵死人的臘腸狗是『大腸』，那隻又大又傻的是『拉不多』。」

「你比我們小，要叫我大哥啊喲喲！」大腸又被踢了兩腳。

「我叫小行，你們好。」小行看到這些狗很友善，才安下了心。

「小行？好像人類的名字，你是從哪裡來的？」大腸問。

「台北……」

「台北？你主人把你給丟得這麼遠啊？」妹妹說。

「我才沒有被丟掉！」小行氣得大叫。

「妳看他的樣子還不知道？」大腸臭屁地說：「像這種雜種狗，一看就知道是野狗生的，沒人養的。」

「誰是野狗生的！」小行更氣了。

「那你到底是怎麼來的呢？」妹妹問。

「說了嚇死你們，不可以告訴別人哦。」

妹妹、大腸、拉不多把頭靠近小行，小行神祕地說：

「其實……我是人類變的。」

「哈哈哈哈哈！」

妹妹和大腸、拉不多都爆笑起來，大腸短短的腳抱著很長的肚子，在地上滾來滾去：

「哈哈！你要是人類變的，我就是香腸變的啦！」

「哼！不相信就算了。」小行狗臉通紅，嘴巴嘟了起來。

大腸拍了拍他的肩膀：「好！看在你說了這麼好笑的笑話，我同意你加入小狗隊！」

「小狗隊？」小行問。

「就是我們桃花源小狗的隊伍，我是隊長！」

「喂！隊長不是我嗎？」妹妹叫著。

「明明是我！」

「是我！」

在妹妹和大腸爭吵的時候，小行問拉不多。

「拉不多，小狗隊是做什麼的？」

「沒做……什麼。」拉不多伸著舌頭傻笑。

「小行！」

妹妹和大腸同時說：

「我這個隊長，帶你去參觀桃花源！」

8. 小狗隊登場

新竹特有的強風吹拂中，拂曉晨光照亮了大地。小狗隊的兩個隊長和拉不多，帶著小行來到營舍外面的大操場上。

大操場水泥地的裂縫上長滿雜草，前面有司令台，還有一根國旗桿。

「聽說這裡以前是軍人的操練場，現在是我們狗的運動場。」

妹妹指著操場和旗桿說：

「那是老連長的旗桿，他每天早上都會在那裡升旗。」

「一個人升旗，像是笨蛋一樣。」大腸哼了一聲。

「別……這麼說老連長啦。」拉不多說。

小行看到昨天的拾荒老人拿著破舊的國旗，走到旗桿下面。白髮蒼蒼的老人把旗子升上去，一邊喃喃地唱著國歌。

「那個老頭子八九十歲了，每天瘋瘋癲癲的，說什麼抗戰、連長的。我看連狗的腦子都比他清醒。」

聽到大腸這麼說，妹妹有點生氣：

「大腸！要不是老連長整理這裡收留我們，我看你早就不知道死到哪裡去了。」

「反正我就是討厭人類啦。」大腸說。

「狗不是都喜歡人的嗎？為什麼你會討厭人？」小行問。

「喜歡人有什麼用？」大腸握著短短的拳頭：「當初我在寵物店的時候，我的女主人說什麼我有多可愛，就和她男朋友把我給買回去。

「開始時她整天叫我寶貝，疼我疼得很。後來她和男朋友分手，說看到我會難過，就把我像丟垃圾一樣丟到路邊。我恨死她……恨死人類了！」

大腸氣憤的樣子嚇了小行一跳，不敢答話。

「這裡又不是只有你被丟掉，別那麼氣好嗎？」妹妹說。

他們繞著操場的雜草跑道走，有一些早起的老狗出來散步，妹妹邊走邊和老狗打招呼。

「天堂就要降臨，所有的狗都要悔改，獻上骨頭……」一隻左右眼看向不同方向的老狆狗，戴著用骨頭做成的項鍊手環，臉上畫著奇怪的圖紋，正在大聲喊叫。

有幾隻狗趴在老狆狗的面前祈禱，顯得十分虔誠。

「那些狗在幹嘛啊？」小行問。

「那一隻老狗叫作『長老』，他正在傳教呢。」妹妹說。

「傳教？狗也有宗教？」小行說。

「對呀，狗的教叫作『天堂教』。傳說狗只要不做壞事，信奉長老，死了以後就可以到人的天堂，和主人重新住在一起。」妹妹解釋。

「哼，我才不信！狗和人類的天堂一定是分開兩邊的。」大腸說。

他們走到桃花源大門外，門上的破舊牌子寫著「忠義五營」，小行也不知道這是不是指軍營的名字。

「那條溪就是我們喝水的地方，旁邊還有桃樹哦。」

妹妹指著軍營牆外的一條小溪，有一些狗正在溪邊喝水。小溪的溪水清澈，溪邊花草茂盛，幾棵桃樹帶來清涼的綠蔭。

「好漂亮的桃樹哦！」小行說。

「所以這裡才會被叫作桃花源呀！」大腸說。

他們走到河邊，小行有點遲疑，但還是學其他狗伸舌頭舔著水。

「哇！」

喜歡游泳的拉不多直接跳到河裡，水花濺得大腸一身溼，氣得牠直叫：

「笨蛋，大腸都變粉腸了啦！」

「哈哈哈！」大家都被逗笑了。

忽然從桃花源門口的地方傳來一陣吵鬧聲，好像是有人在吵架。

「可能是附近的人又來吵老連長了，我們快過去看看！」妹妹說。

小行他們跑到桃花源的大門，看見有幾個附近的住戶圍著老連長。

「死老頭，我們不是叫你別再餵狗嗎？這裡的野狗越來越多了！」一個年輕人凶狠地說。

「你有愛心是好啦，可是也別收留那麼多流浪狗呀。」

一位戴著口罩的太太皺著眉頭，看著桃花源裡的流浪狗：

「害我的小孩回家都要繞路，要是被咬了誰負責呢？」

「而且這些狗誰知道有什麼病，要是傳染給人怎麼辦？」年輕人說。

「俺每天都有潑消毒水，還有幫牠們洗澡的，不怕！」老人說：「還

有請獸醫來替牠們結紮，不會生小狗！」

「我管你這麼多，一個臭老頭賴在營區不走，還養這麼多爛狗。」年輕人說：「我看還是叫捕狗大隊來，把這些狗全都抓到收容所算了！」

老連長臉色發青，伸手抓住年輕人的肩頭：

「你……你有沒有良心啊？狗的命也是命啊！送到收容所是造孽，要下地獄的！」

「閃開啦！」

年輕人把老人的手推開，老人重心不穩，倒在地上。

「打人啦……救命啊！」

「有話好好說，不要對老人家動粗啦。」太太勸著年輕人。

「那個人怎麼那麼過分！」小行和大腸想要上前阻止，卻被拉不多從後面拉住了。老人站不起來，還拚命喊著：

「不要……不能叫捕狗隊！」

「臭老頭，你把退休金都拿來養這些野狗，他們是會報答你嗎？」年輕人嘲笑著。

「噢噢噢嗚——！」

忽然狼嚎一般的狗叫聲傳來，大批狗兒從門口衝了出來，把這些鄰人給團團圍住。

「喂，這些瘋狗要幹嘛？」年輕人叫著。

獨眼大狼從門口走了出來，剛才的狗嚎聲就是牠發出的。大狼走到老人的身邊，頂著老人的身體，幫助老人辛苦站了起來。

「大狼……不可以嚇他們……哎喲……」

「嗅嗚！」

狗群聽了大狼的號令聲，左右分開讓出一條路，鄰人只好走了。年輕人還不住口地罵著：「你再養這些瘋狗，我一定要去告你！」

「阿彌陀佛，佛祖保佑野狗不要咬我……」口罩太太碎碎唸著。

鄰人走了以後，老人灰心地嘆氣：

「唉，連長老了……顧不了你們了……」

老人搖搖晃晃地走到軍舍後面休息以後，小行叫著：

「那隻大狼狗真的好威風哦！」

「當然囉，大狼是我們的領導者。」大腸說。「聽說他以前是軍隊的少尉軍犬，因為一隻眼睛受傷才退役的呢！」

「大家注意，我們以後要更小心行動，不要打擾鄰居，才不會讓連長為難！」大狼對群狗訓話了一陣，最後說：

「覓食隊的出動時間到了，準備出發！」

「小狗隊也是覓食隊的，我們要去找食物回來給大家吃。」妹妹對小行解釋。

「連長不是有餵你們嗎？」小行問。

「他那一點狗食，哪夠我們這麼多狗吃。」大腸說。

「我們知道一個可以讓狗吃飽的地方。」妹妹說。

「我有聽說過，是那個『幸福』嗎？」

聽到小行說出「幸福」這兩個字，妹妹與大腸的臉色變了。

「笨蛋！不能去幸福，絕對不能去！」大腸喊著。

「為什麼？」小行問。

「反正不能去幸福就是了。」妹妹的表情很古怪。「你跟我們去，會讓你吃飽飽。」

「那我要吃漢堡！」小行期待地說。

9. 「幸福」餐廳

小狗隊離開桃花源，順著小路走，走進了附近的一個小鎮裡面。

小鎮街上有一間「愛的寶貝寵物店」，小行看到店面的玻璃櫥窗格子裡，分別關著十幾隻馬爾濟斯、雪納瑞、紅貴賓、柴犬、拉布拉多等名種狗的小幼犬，櫥窗上還貼著價錢。

有的幼犬比較有精神，在玻璃後面對經過的行人搖尾巴。有的幼犬虛弱地躺著睡覺，還有的被保溫燈光照著，好像生病了。

「小弟弟小妹妹，你們在裡面還好嗎？」

妹妹和大腸走到櫥窗前，對裡面的幼犬打招呼。

「我想喝奶奶……媽媽，媽媽怎麼不見了呢？」一隻標價六千元的小紅貴賓狗，揉著紅通通的眼睛問。

「小妹妹，媽媽不在妳身邊了。在人類把妳買回去以前，妳要堅強一點哦。」妹妹溫柔地說。

「媽媽……不在了？」小紅貴賓狗嗚嗚地哭了出來。

「妳沒有時間哭啦，記得要對來看的客人搖尾巴，活潑一點，才會被買回去哦。」大腸說。

妹妹、大腸和拉不多都曾經待過寵物店，牠們好心地教了櫥窗裡小狗被人挑走的訣竅。

「這些狗好可憐，被關在這麼小的空間裡賣。」小行說。

「其實在寵物店裡賣的算好命的。」妹妹說。「繁殖場生出來的狗有些被批到夜市去賣，那邊的環境更糟，有些小狗都生病死了呢。」

「繁殖場是什麼？」小行問。

「就是繁殖生出很多小狗的地方。」妹妹說。

「這個小弟弟大概完蛋了。」大腸指著一隻生病發抖的吉娃娃犬：「他生病，又已經一歲了，這樣的狗沒有人要買的啦。」

小狗隊離開寵物店以後，小行問妹妹：

「如果一直賣不出去的話，那些小狗會怎麼樣呢？」

「我聽一隻老狗說過……公的小狗會先送人，沒有人要的話就找地方丟掉，或是直接送到收容所。母的小狗會被送回繁殖場，關在籠子裡一直生小狗。」妹妹露出難過的表情。

「嘿嘿，我們的餐廳到了！」大腸停了下來，指著街上的一家便利商店說。

「你們要去吃便利商店？」

小行正在想狗要怎麼買東西時，大腸、妹妹和拉不多拉著他，趁著顧店的店員不注意，溜到便利商店後面小巷的垃圾箱前面。

「呵呵……開動囉。」力氣很大的拉不多，把大垃圾箱的蓋子給舉起來，大腸和妹妹跳了進去。

「你……你們在幹嘛？」小行看得都傻眼了。

「找可以吃的食物，這裡每天都剩下很多。」妹妹翻找著垃圾說。

「來，你的漢堡！才過期一天哦！」大腸把一包搜出來的漢堡丟給小行，小行噁心地閃開了。

「我才不要吃垃圾！」

「這……很好吃的哦……」拉不多嚼著一根被丟掉的熱狗。

「先帶回去，不能自己吃啦！很多走不動的老狗在等著吃呢！」妹妹大叫。

「好啦……」拉不多把剩下一半的熱狗吐了出來。

「不要……我不要當流浪狗！」

小行看到牠們這個樣子，厭惡地走開，喃喃自語：

「爸爸、媽媽！臭臭！你們在哪裡？」

巷口的電線桿後面，突然閃出一隻灰色的大杜賓狗，把小行給抓住了。小行抬頭一看，是灰金！

「嘻嘻，這次你可逃不掉了吧！」

小行想要叫救命，卻被灰金摀住嘴巴。

「嗚……嗚！」

黑金也跑了出來，與灰金合力把小行抬走。這時妹妹剛好回頭，吃驚大叫：「你們要幹嘛？放開小行！」

「笨蛋，不要大叫……」大腸還沒說完，便利商店的店員已經聽到外面的狗叫聲，拿著一支掃把衝了出來：

「死狗啊！又把垃圾弄得亂七八糟，看我打死你們！」

店員揮舞著掃把衝過來，嚇得小狗隊四散逃跑。好不容易從店員手中逃脫，牠們已經看不見小行的蹤影了。

黑金和灰金兩隻惡犬押著小行，向著小鎮的另一頭走去。小行害怕得臉色發青，路都快走不穩了，忽然他聞到一股奇怪的香味：

「這是什麼香味？不像是豬肉，也不像是牛肉？」

黑金和灰金都奸笑起來：「小鬼，這叫作『幸福』的味道！」

「幸福的味道？」

「嘿嘿……幸福就在那裡！」

黑金手指著前方街上，一間紅色招牌上寫著「幸福」的餐廳，味道就是從那裡傳出來的。

「幸福餐廳？」小行問。

「對，很快你就會幸福囉，有些人最愛像你這種小土狗。」灰金說。

一輛載著大小狗籠的小貨車開了過來，停在幸福餐廳的大門口。大門走出一個廚師裝扮的肥胖男人，看著貨車狗籠裡的狗說：「你們繁殖場又賣剩下這麼多隻，怎麼都是拉布拉多？」

「別說啦，香老闆。」

開車的司機走了下來，和香老闆說：

「就是很紅的《狗狗的八個約定》那部電影嘛，主角是拉布拉多狗，一堆觀眾看完電影以後就想要養，可是我們繁殖太多了賣不完啊。」

「為什麼不送到收容所去？」香老闆說。

「我們繁殖場沒有合法，不好送啦，而且送到那又沒有錢賺。香老闆，你看看有沒有要的，幫我們回點本。」

「都是瘦巴巴的，沒有胖一點的嗎？」香老闆挑著狗籠裡的狗。

「現在什麼都漲，飼料錢也漲了好多。」司機說。

「算啦！有些客人喜歡排骨，一隻算五百哦！」香老闆叫餐廳裡的伙計搬了幾隻小狗進去，算了錢給司機。

「剩下的你要帶回去養嗎？」

「怎麼可能？找個荒郊野外的地方丟了。」

繁殖場的貨車開走後，香老闆才發現灰金和黑金抓著小行站在旁邊。

「是你們啊？老大黑霸沒來？」

「汪汪！」灰金把小行推到前面，香老闆用手捏住小行的狗脖子，抓了起來打量：「戴眼鏡的小狗，瘦巴巴的，不過免錢的還可以收啦。」

「汪汪汪！」黑金和灰金搖著尾巴大叫。

「知道知道，瞧你們嘴饞的。」

香老闆到店裡面抓了兩隻雞腿，丟給黑金和灰金。兩隻惡犬欣喜若狂地咬了雞腿就走，香老闆提著小行走到店裡。

小行被帶到餐廳廚房後面的院子，鐵皮屋頂下面有一排大鐵籠，每間籠子裡都塞著十幾隻狗，名種狗和雜種狗都有。

狗的臉上都是驚惶和絕望，有的哀號著抓籠子，有的趴在角落發抖。

小行被丟到其中一個籠子裡面。

「放我出去……啊！好擠！」

鐵籠裡實在太擠了，小行被幾隻狗擠在籠邊，連叫都叫不出來。

「今天有客人訂黑狗桌，就是你啦。」

一個餐廳的廚房夥計走到狗籠前，用前端有鋼圈的棍子抓了一隻大黑狗出來。他用鋼圈套住黑狗的脖子，把牠硬拖進設有大型脫毛機的廚房。

「可恨的人類……」

被擠在小行身邊的狗裡面，有一隻耳朵很長的可卡小獵犬，牠咬著牙說：「那個黑狗朋友完了！」

「為什麼？」小行問。

「噢！噢嗚嗚！」

廚房裡傳來棍棒的敲打聲和黑狗的哀號聲，小行從來沒有聽過這麼痛苦的聲音，不由得摀住了耳朵。

「噢……噢嗚……」

狗叫聲一聲比一聲淒厲，最後一聲刺耳的哀號以後，剩下可怕的寂靜。

「那……那隻狗怎麼了？」小行害怕地問。可卡獵犬低下頭，傷心地流下淚水：「你自己聞吧。」

「有血腥味……屎尿味……還有一股香味？」

廚房過了一會，傳來了小行曾聞過的那股香味。

「這到底是什麼香味？」

「煮狗肉的味道。」可卡說。

小行忍不住吐了出來。

10. 戰鬥與勇氣

幸福餐廳的後門圍牆外，妹妹、大腸與拉不多正在想辦法要救小行。桃花源的狗都很害怕這個煮狗肉的可怕餐廳，有些不明白真相的狗，會被黑霸一夥騙到這裡來。但是為了要救小行，小狗隊還是鼓起勇氣來到這裡。

三隻狗疊起羅漢，拉不多在最下面撐著，大腸在中間，妹妹站在最上面越過圍牆往內看，看到小行被關在狗籠裡哭著：

「嗚啊……我不要被吃掉……」

「小行！我在這裡！」

小行從擁擠的狗籠裡抬頭，看到圍牆上的妹妹向他揮手。

「妹妹！妳怎麼會在這裡？」

「我們是來救你的！大腸和拉不多都來了！」

「太好了！你們要怎麼救我呢？」小行叫著。

「這個嘛……」妹妹低下頭，發現草叢後的圍牆底部，有個小裂洞。

牠和大腸跳到地上，縮起小身軀，從圍牆下面的小洞用力鑽了進去。拉不多的身體太大進不去，只能在外面等。

大腸看到後院的一排鐵

籠，傻眼地大叫：

「太恐怖了，這間餐廳抓了這麼多狗來吃啊！」

「快點，沒有時間啦！」

妹妹站在大腸肩膀上，想要把小行籠子的把手拉開，但是牠的前腳太短了碰不到。小行忽然靈機一動，把臉上的黑框眼鏡摘下來，丟給妹妹。

「用我的眼鏡！」

「對呀，你真聰明！」妹妹用眼鏡往上一勾，終於把籠子的開口勾開。小行跳出狗籠，對可卡及其他的狗喊著：

「你們也快點出來呀！」

可卡獵犬看著小行，無力地說：

「不管去哪裡，我們流浪狗都在地獄裡面，為什麼要逃走？反正一樣都是會死……」

這裡的狗每天飽受驚嚇，看著同伴一隻隻被屠宰，已經失去了求生的意志。小行正不知該怎麼辦時，豪邁的狗叫聲響起：

「你們錯了！」

一隻大狼狗踩著拉不多的頭，矯健地跳過圍牆，跳落在鐵籠前面。大狼昂起頭，向著籠子裡的狗群喊道：

「就算是流浪狗，也有活下去的權利！」

「大狼來了！」妹妹和大腸歡呼起來。牠們在來救小行之前就已經請其他的狗去求援，大狼第一個趕到。

「小行、妹妹，你們做得很好。」大狼說。

「我們早就想要救出被關在狗肉店的兄弟，這家店的老闆實在太可惡，竟然指使黑霸誘騙流浪狗！」

「外面怎麼這麼吵啊？」餐廳裡傳來人聲，大狼下令：

「你們去把後門和所有籠子都打開，這裡由我來阻擋！」

「是的！」小行和妹妹、大腸往後門跑了過去，可是上面的門把被鎖住。

「這該怎麼辦？」大腸問。

「我來開門，你們幫我墊腳！」小行大叫。

「這些死狗，竟然跑出籠子來了！」餐廳裡的兩個夥計拿著木棍推門出來，大狼對著他們凶狠地咆哮：

「汪嗚！汪！」

「哇！哪裡來的狼犬，怎麼這麼凶！」

夥計看到狼犬凶狠的眼神，一時都不敢過來。肥胖的香老闆拿著一把大菜刀推開夥計，大罵著走出來：

「混帳！每天在殺狗的還怕什麼狗！」

香老闆揮舞菜刀，和夥計向大狼圍攻。大狼的動作敏捷，閃過了好幾下刀砍，但是對方人多勢眾，不由得險象環生。

眼看大狼陷入危機，香老闆忽然慘叫一聲，可卡獵犬咬住了他的腳後跟。

「好痛！你這小爛狗！」

香老闆把獵犬一腳踹開，籠子裡其他的狗都跑了出來，對著香老闆大聲猛吠。可卡獵犬爬了起來，對大狼說：

「我的名字叫作可卡，我們就相信你，再掙扎一次！」

大狼笑了：「很好！讓這些人類看看，流浪狗不是好欺負的！」

「死狗造反啦！快來人啊！」香老闆大叫。

聽到香老闆的叫喚，餐廳裡的所有夥計都拿著棍棒跑來幫忙打狗，大狼牠們雖然拚命，還是一下子被打倒好幾隻。

小行踩在大腸的肩膀上，用前腳搓著後門的門把，下面的妹妹焦急叫著：「門還打不開嗎？他們快撐不住了！」

「這個門把鎖要鑰匙，我又不會變魔術！」小行苦惱地叫著。

「糟糕，有人跑過來了！」妹妹叫著。

有一個夥計繞過大狼，揮著木棍朝小行他們衝了過來。

「死狗——啊！」

忽然後門的門把鎖被解開，門扇被用力向裡面打開，夥計被門扇擊中臉頰，痛得他蹲了下去：

「好痛！」

小行他們看向後門，門扇是被拉不多推開的。

一隻老土狗帶領著幾十隻大狗站在門外，老狗身上纏著繃帶，頭上戴著一頂大魔術帽，向小行眨了眨眼：

「要變開門魔術，怎麼少得了魔術師？」

「臭臭！」小行興奮地叫著。

臭臭打開後門的鎖以後，舉起魔術帽向狗群大喊：

「桃花源的兄弟們，衝啊——！」

「汪汪汪！」

數十隻體型較大的流浪狗從後門一湧而入，吠叫著朝香老闆他們衝了過去。

「哇！哪裡來的這麼多瘋狗！」

「該不會有狂犬病吧，先閃啦！」

看到大狗隊衝進來的氣勢，香老闆他們嚇得連棍棒和菜刀都拿不穩，逃到餐廳裡面，鎖著門不出來了。

「贏啦——！」

「我們勝利了——！」

小行、妹妹和群狗大聲歡呼，大狼叫著：

「還不要高興！我們先把所有的狗救出來。」

群狗在大狼的指揮下把其餘被關的狗放出來，小行走到臭臭的身邊，老土狗靠在牆邊喘氣，顯得很累的樣子。

「臭臭，你的傷還沒好，怎麼還是來了？」小行說。

「呼……呼……我要是不來，你早就變成一鍋狗肉了。」臭臭瞪了小行一眼，小行不好意思地低下頭。

「好了，我們走吧！」

確定所有的狗都已救出來，大狼下令撤退。拉不多剛帶頭走到後門口，突然哀號一聲，被一隻巨掌打飛了回來。

鬃毛像獅子般強壯的黑霸，率領著黑金、灰金及十幾隻野狗堵在門口外面，拉不多就是被黑霸給打飛的。

「想走？先問問我黑霸啦！」黑霸大聲獰笑著。

「你這個出賣同類的惡霸，竟然還敢出現在我們面前！」大狼咆哮。

「你們走了，我要吃什麼？你們哪一隻狗是帶頭的，出來和我單挑！如果能打敗我，就放你們過去！」

黑霸龐大的身軀往前一站，發出一陣狂暴的咆哮怒吼，嚇得桃花源群狗的尾巴下垂，不停後退。

「那是西藏獒犬，世界上最凶暴的狗！」小行想起以前看過的網路新聞，西藏獒犬連野牛和人都可以咬死，是最恐怖的大狗。

黑霸雖然吃得痴肥，但是凶猛氣勢依然霸道，當所有狗都被嚇住時，大狼往前走了兩步：

「很好，我來和你打。」

「不，我來和他打！」忽然有一隻長耳小獵犬從大狼身旁跑出，往黑霸衝了過去。

「可卡！你要做什麼？」大狼叫道。

「我要為被吃掉的同伴報仇！」

可卡跑到黑霸身前，黑霸脖子鬃毛像雄獅般張開，肥胖身軀足有可卡的十幾倍大，惡狠狠地看著可卡：

「哇哈哈！你這小不點，也想來挑戰我？」

「你被人類收買，有多少可憐的狗被你和你的手下騙來這裡，被打死剝皮吃了？」

可卡悲憤地說：

「我要打倒你，為他們報仇雪恨！」

「很好，你也去死吧！」

黑霸怒吼一聲，龐大身軀向可卡衝了過去。可卡驚險閃開狗掌，一口咬在黑霸的後腳跟上。黑霸後腳一踢，把可卡整隻踢飛出去，在地上滾了幾圈。

「噢嗚……！」

「可卡！」小行大叫。

「可惡！我們全部上去，一起去圍毆他！」大腸叫著，卻被大狼阻止了。

「誰也不能打擾他們，這是屬於可卡的決鬥。」

可卡很快地又站了起來，再次往黑霸衝了過去。

臭臭拍拍小行的肩膀：

「你要仔細看著，這就是真正的勇氣。」

「真正的勇氣……」

可卡的身體小巧，動作卻很靈敏，繞著黑霸不停又跑又咬。黑霸的肚子太大，揮動前腳，大口猛咬也抓不到牠，又被咬住了後腳跟。

「可惡的臭小鬼！」

可卡又被打飛出去，在地上滾了幾圈，但是肥胖的黑霸也已經氣喘吁吁。小獵犬被巨掌打傷的傷口鮮血流出，但還是奮勇再次衝上。

「你這……死纏爛打的傢伙！」

黑霸氣喘得很厲害，痴肥的身軀移動緩慢，被可卡找到機會，再次咬在後腳跟上。

「倒下吧！」可卡咬住後腳跟奮力扯動。

「可……可惡啊……」

黑霸龐大的身軀轟隆一聲，摔倒地上。可卡繞著牠一陣狂咬，惡犬已經無力抵抗。

「幹得好！兄弟們，趁現在衝出去！」大狼發令。

桃花源群狗往門外便衝，灰金牠們看到黑霸被打倒，嚇得四腿發軟，各自逃命去了。大狼把受傷的可卡背著走，與群狗在餐廳門外會合。

「耶～！我們勝利了！」

「大勝利！」

小行、妹妹和群狗大聲歡呼，大狼說道：

「既然勝利了，我們就回桃花源去吧！」

群狗準備離開時，小行突然大聲說：

「不行！我們就這麼走了，餐廳的壞人還是會去抓狗來吃！」

「沒錯，有一些人類就是這麼可惡。但我們是狗，又能拿他們怎麼辦？」大狼說。

「放心，我有一個辦法。」

臭臭驚訝地看著小行，小行向老土狗眨了眨眼，對大家解釋他的計畫。

11. 小行的妙計

小鎮街角的一處巡邏箱前，一位騎著機車的警察正在上面簽名時，忽然覺得有點不對。他低頭一看，掛在腰間的手槍竟然被一隻狼犬給叼走了。

「喂——把槍還我！不要跑！」

警察嚇了一大跳，騎機車追著大狼。他們衝過了幾個街口，警察發現大狼把手槍放在幸福餐廳門前以後，就跑走了。

警察停車把手槍撿起來時，發現旁邊有一排小石頭排成三個字：「狗肉店」。

「狗肉店？難道這家餐廳是賣狗肉的？」

警察走近察看，發現餐廳周圍有許多可疑的狗毛與狗腳印。香老闆從店門口走出來，看到警察與地上的字，嚇了一跳。

「等一下，我們不是賣狗肉的……」

香老闆拉著警察想解釋，警察卻不理他，拿起無線電：

「〇七〇三通報！這裡有疑似違法經營的狗肉店，請衛生局馬上派人來稽查……」

「唉！狗都跑掉了又被警察抓，今天怎麼這麼衰啊！」香老闆哀號。

小行、臭臭、大狼與其他狗躲在街角偷看，看到香老闆的苦瓜臉，不由得哈哈大笑。

「看那老闆的表情，笑死人啦！」大腸笑得像條香腸在地上打滾。

「小行，虧你想得出這個方法！」妹妹說。

「以前老師教過我們，在台灣賣狗肉是違法的，可以找警察來抓他們！」小行高興地說，大狼看了他一眼：

「你又不是人，怎麼會有老師？」

「沒什麼，是我告訴他的，我是他的老師。」

臭臭瞪了小行，小行乖乖地閉上嘴巴。

「真的嗎？」

大狼凝視了小行一會，轉頭說：

「今天大家辛苦了，回桃花源去慶祝吧！」

12. 晚會的魔術秀

新竹的山風在秋夜裡吹拂，皎潔的月光下，桃花源的雜草大操場中間，流浪狗兒們開起了盛大的營火晚會。

狗群在營火邊載歌載舞，慶祝打敗黑霸一黨以及狗肉店的大勝利。大腸戴著太陽眼鏡，套著一件夏威夷襯衫，擔任晚會的主持人。

「各位，我們打敗黑霸和狗肉店了！對不對！」大腸拿著垃圾堆撿來的麥克風大聲喊著：

「對！」狗群回答。

「今晚我們要吃到肚子痛，跳到腳抽筋，對不對！」

「對！」

「大腸是個大帥哥，對不對，對不對！」

「不對！」

「嗅嗚～」大腸倒在地上打滾。

在群狗的歡笑聲中，狗兒們把從垃圾堆撿來的食物裝盤，放成像歐式自助餐的擺設，還用老連長的收音機大聲播放熱門音樂。

小行和臭臭坐在食物堆邊，邊吃邊看狗群跳著自己編出來的舞蹈。

馬爾濟斯和哈士奇跳恰恰舞，黃金獵犬和雪納瑞跳自由街舞，博美和大丹狗跳卡門舞曲，逗得大家哈哈大笑。

「小行。」老土狗火光照耀下的狗臉，露出一抹微笑：

「你今天做得很好。」

「臭臭？」小行沒有想到臭臭會稱讚自己，驚訝地看著牠。

「難得你也會關心起狗，想要為狗做事情。」

「因為今天真的好恐怖，我差點就被人煮來吃了。」小行心有餘悸地說。

「對狗來說，主人是世界上無可取代的重要存在。但是人類對狗來說，有時卻是殘忍的殺手。不只是狗肉店，在其他的地方也是……」

小行似懂非懂地看著臭臭，老狗混濁的眼中有著滄桑與智慧。

「是該離開這裡的時候了，我們得早點找到你的身體。」

「可是你的傷不是還沒好嗎？」小行說。

「不能再等……」

收音機的熱舞音樂忽然變了，換成抒情而緩慢的探戈舞曲，許多狗雙雙對對地跳起慢舞，妹妹走向小行。

「小行，我們來跳舞吧。」

「不用了……我不會跳……啊！」

臭臭從後面推了小行一把，小行撞到妹妹身上，臉不由得紅了。

「小孩子，該玩的時候就去玩。」

「不會跳沒關係，我來教你。」妹妹笑嘻嘻地說。

小行和妹妹手牽著手開始跳慢舞，小行剛開始還很緊張，但看著西施犬溫和的笑臉，還有如黑珍珠般漂亮的大眼睛，他也放鬆了心情。

「跳得不錯嘛，今天的英雄。」

「嘿嘿！」

小行被稱讚得有點得意，差點踩到妹妹的腳。

「你說你是人類變的，是真的嗎？」

「那是……」

這時宴會場音樂慢慢停止，跳舞的狗都停了下來，大腸在場中央高呼：

「讓我們歡迎這次的大英雄——可卡、臭臭與小行！」

「哦嗚——歡迎大英雄！」

在群狗的鼓掌歡呼中，可卡、臭臭及小行不好意思地走到場中央，接受大家的歡呼。

「謝謝大家！」全身纏著繃帶的可卡揮手還禮。

「今天能打敗黑霸，揭發狗肉店，都靠小行的機智、可卡的勇敢，還有臭臭的魔術。現在讓我來訪問他們。」

大腸把麥克風遞到小行嘴邊：

「小行，很多狗都很好奇，為什麼你能拼得出人類的文字呢？」

「因為我本來就是人……」

「咳咳！」臭臭大聲咳了兩下，小行趕緊改口：

「不對……是因為我主人教我的！」

「哇！這麼厲害，想必你是一隻天才小狗哦！我們再來介紹傳說中獨一無二的『狗魔術師』——臭臭！」

狗群的歡呼聲更大了，還有狗吹起口哨。

「今天大家都見識到臭臭老爺爺的開鎖魔術，您能不能再露一手狗魔術給大家瞧瞧？」

「呵啊……」

臭臭伸著懶腰，打了個大呵欠，一副衰老無力的樣子。

「臭臭年紀大啦，沒有力氣表演了。」小行說。

「啊？太可惜了……」

大腸失望嘆息時，臭臭把自己的魔術帽戴在牠的頭上。

「孩子，別難過。」

「咦？」

大腸突然發現群狗都指著牠大笑，原來魔術帽裡伸出兩隻兔子的長耳朵，好像大腸長了耳朵。

「哇！兔子！」

兔子鑽到大腸的頭上，嚇得牠跳了起來，魔術帽掉了下去。帽子掉在地上滾了幾圈，忽然從裡面飛出幾隻銜著彩帶的雪白鴿子，在場中飛來飛去。

狗觀眾看得都傻了，鴿子繞場飛了幾圈以後，把地上的魔術帽咬回去給臭臭。大腸與觀眾瘋狂地鼓掌起來：

「哇——真正的魔術耶！」

「安可！安可！」

在把會場給淹沒的巨大喝采聲中，臭臭把兔子與鴿子收回帽子裡，向小行眨了眨眼：

「我的年紀還沒那麼大吧？」

「對呀，哈哈哈！」小行大笑。

就在晚會的氣氛達到最高潮時，忽然一聲刺耳的狗叫聲，中斷了活動。

「你們這群墮落的狗，在這裡吵什麼！」

天堂教的長老狆狗走進了操場，後面還跟著十幾隻牠的信徒。音樂停止，所有的狗都安靜下來。大腸緊張地說：

「長老……你好啊？」

「好什麼好！一群墮落享樂的狗，浪費食物開這罪惡的舞會，我看你們通通都會下地獄！」

狗長老很受尊敬，眾狗被牠這麼一罵，都垂下尾巴不敢作聲。老狆狗的左右眼珠看著不同方向，尖聲訓話：

「昨天我聽見了狗神明的話！只要你們謹守戒律，相信神明與長老，就能上天堂，主人會在那裡陪你們的！」

「奇怪，狗真的能上天堂嗎？」

「剛才那句話是誰說的！給我出來！」長老大罵。

全部狗的目光，都朝剛才說話的小行看了過來。

「小狗……你敢質疑長老我？」

長老走到小行面前，兩隻眼珠子旋轉著，小行被牠看得直冒冷汗。

「我……我沒有……」

「戴眼鏡的小狗，聽說你能拼出人類的文字？狗不可能懂人類的文字，除非你是……人類變的！」

「小鬼頭，別找他的麻煩。」臭臭走了出來，站到小行的前面。

「你說我是什麼？」長老睜大眼睛。

「你還活不到我一半歲數，當然是小鬼頭。」臭臭打了個呵欠。

眾狗看到臭臭竟然敢頂撞長老，緊張得都停止了呼吸。

「狗的魔術師……有很多關於你的無聊傳說。」長老冷笑一聲：「例如說，你是世界上唯一去過天堂又回來的狗？」

「真的嗎？臭臭去過天堂？」

群狗鼓噪起來，連趴在角落休息的大狼都抬起頭。

「你們幹嘛那麼激動？」小行問。

「當然囉！每隻流浪狗都會夢想死了以後能到天堂，和主人快樂地在一起！」妹妹叫著。

「雖然我不相信這種無稽的傳說，但是問一問也無妨。天堂是什麼樣子？」長老靠近臭臭。

噗——！

老土狗放了個又響又臭的屁，氣得長老滿臉通紅，全場狗群哄堂大笑。

「什麼天堂？世界上沒有那種地方。」臭臭說。

「不對，一定有！」長老咆哮。

「反正我不知道，請你直接去問神明。」

「你騙人！你沒有去過天堂，怎麼會變魔術？」

「我最早的主人是個魔術師，是他教我的，小鬼頭。」

長老氣得全身發抖，舉起手杖指著臭臭：

「騙子！這個人說的都不是真的，他是個老騙子！戴眼鏡的小狗也是怪胎，馬上把他們從桃花源趕出去！」

群狗感到很為難，有的狗認為要聽話趕臭臭他們出去，但是也有狗覺得他們是救狗英雄，怎麼可以這麼做。

「你們太過分了，剛才還把他們當英雄，現在就要他們走？」可卡站了出來。

「沒關係，可卡。」

臭臭揮了揮手。

「不用他們趕，我們自己會走。」

「小行，我們……」妹妹、大腸與拉不多看著小行，卻不敢挽留他。

小行不知該怎麼辦時，臭臭大喝一聲：

「走啊！你還愣在那裡做什麼？」

傷口纏著繃帶的老土狗抬起頭，昂然拉著小行往外走。狗群們讓開了一條路給他們通過。

有幾隻狗朝他們亂吼，臭臭也不理會，一瘸一拐地和小行走出操場。

從熱鬧變得死寂的營區裡，臭臭拉著小行往桃花源的門口走去，看到他們的狗都不敢說話。

「臭臭，我們就這樣走了嗎？」

「你捨不得這裡嗎？」

「沒有……只是他們那麼對你，太過分了。」小行說。

「我已經夠老了，老到沒什麼好在乎的。」

他們走出軍營門口的時候，一個黑影從後面追了上來。

「大狼，有什麼事？」臭臭擋在小行前面，看著大狼。

「今晚的事我很抱歉。天堂教是桃花源唯一的信仰，如果沒有長老與天堂教，很多狗就會失去信仰，活不下去的。」

臭臭哼了一聲，大狼帶來一個裝著乾糧的小背包給小行，一根椅子的斷腳給臭臭當拐杖。

「你們有地方可以去嗎？」

「我們要去台北。」小行說。

「從新竹走到台北？那可遠得很啊！」大狼說。

「對啊，再不走就太晚了。」臭臭牽著小行的手便走，大狼在後面目送著他們，忽然高喊：

「小行，妹妹和大腸要我轉告，他們對你很抱歉！還有高傲的魔術師，你的魔術真的很精彩！」

臭臭沒有回答，撐著拐杖，和小行走進了黑夜。

13. 再見了，公主

清晨的陽光照在鄉間的道路上，臭臭和小行在草叢裡睡了一晚以後，一前一後地走在交流道附近的馬路邊。

整夜被蚊子叮，沒有睡好的小行打著呵欠，臉上的黑眼圈很深。忽然他看到路邊樹的後面，有一間豪華的別墅屋頂。

「臭臭！臭臭！」

「你又要尿尿了？」臭臭問。

「不是啦！那裡不是公主的家嗎？前幾天她幫過我們的忙，我想去和她道個謝。」

「最好不要去。」

「為什麼?運氣好的話,她還會請我們吃東西耶!」

臭臭還沒回話,小行已經往別墅跑了過去。臭臭搖搖頭,跟了上去。

「咦?」小行走到別墅門口,吃驚地看到門前有許多車輪留下的痕跡,大門的鎖被撬開了,掉在地上。

「有點不太對勁。」

臭臭皺起眉頭,與小行一起推開鐵門。出現在他們眼前的,是被破壞得亂七八糟的庭園。

花圃和草坪被踐踏得一塌糊塗,水池裡丟滿空罐垃圾,地上滿是香菸菸蒂,牆壁被噴漆亂畫,連公主的狗屋都被推倒了一半。

「那麼漂亮的庭園,怎麼會變成這樣?公主!公主!」

小行大叫著在庭園裡尋找,他從半倒的狗屋門口往內看,看到角落有一個瘦小的白色身影。

「公主，妳怎麼了！我是小行啊！」

「她可能是昏倒了。」臭臭說。

小行和臭臭鑽到狗屋裡面，一起把公主給抱了出來。

公主的慘況讓小行不忍心看，牠的身上有許多傷痕，像是被人踢出來的。雪白的捲毛被燒得七零八落，臉頰蒼白凹陷，好像餓了好幾天。

「你們是……小行和臭臭？」

公主呻吟著，慢慢睜開眼睛。

「來，喝點水。」臭臭把一條沾著清水的破布放在公主嘴邊，公主舔了以後，臉孔才稍微有了血色。

想到之前公主對他們的親切招待，小行覺得非常難過：

「公主，妳怎麼會變成這樣？」

「前幾天……你們走了以後，一群不良少年翻牆進來……在院子裡亂吵亂鬧。我必須要保護庭院，可是他們踢我、打我……用打火機燒我……

還……還一直笑……」

「真是太可惡了！」小行大叫。

「後來他們終於走了……然後……主人回來了…嗚…嗚嗚……」公主嗚咽地哭了起來。

「主人回來不是很好嗎？」

「看到主人…我好高興……」公主哽咽著說：「他看到院子被破壞…罵了幾聲，進房子裡搬了幾樣家具……然後就這麼開車走了。」

「他沒有把妳帶走？」小行呆住了。

「我拚命追……追到車子的門旁邊，他像以前那樣子摸了摸我…然後說……養不起我了……把門關上就走了。」

「我一直追…一直追……可是車子開得好快…我的腿又傷了……」

「……我是主人的……公主啊……嗚嗚……」

「怎麼有這麼差勁的主人！」小行也紅了眼眶：「妳和我們走吧！去

台北我的家，我會照顧妳的！」

「謝謝你……可是我不能去……」

公主撐持著傷痕累累的瘦弱身軀，搖搖晃晃地站了起來：

「我是主人的公主……要等他回來。」

「他不是不要妳了嗎？」

「那是因為我變得太髒……只要我洗乾淨……你願意幫我嗎？」

「公主，妳不要再傻了！」

小行的眼淚忍不住奪眶而出。臭臭走到水池旁，把水龍頭用嘴巴轉開，咬住水管，朝公主灑了過去。

「咳……謝謝您……老先生，您還是這麼紳士。」

「能為公主效勞，是老頭子的榮幸。」

仔細沖洗以後，公主變得比較乾淨了。牠把燒焦的捲毛梳平，擺出最優雅的姿勢行禮：「感謝你們的幫忙，我代替主人答謝你們。」

「公主！和我們走吧！」小行喊著。

「放在狗屋裡的一些狗食，我再也不需要了，請你們帶走吧。」

「不，我們不能拿。」臭臭說。

「你們怎麼了？臭臭，不能讓她留下來！」

臭臭沒有理會小行，只是脫下魔術帽，鄭重地行了個禮。

「謝謝妳的招待，我們要告辭了。」

「那就恕我不送了。」

「公主，妳的主人不會回來的！跟我們走啊！」

「小行你真好，上天一定會保佑你平安回家的。」

「公主——！」

小行哭著跑上去，拉著公主的手一直叫喊。公主微笑搖了搖頭。牠的優雅姿態，就像小行初次見到牠時那麼美麗。

「再見了，小行。」

14. 遙遠的夢鄉

「嗚……嗚……公主……」

小行和臭臭走在馬路邊上，小行邊走邊哭，臭臭不耐煩地回過頭來。

「別哭了，像個小鬼一樣。」

「我本來就是小鬼啦！」小行大叫：「為什麼?為什麼你要讓公主留在那裡！」

「你現在自身都難保了，還想幫助她？」臭臭嘆了一口氣。

「狗也是有尊嚴的，公主只是不願意失去她的尊嚴。」

「狗的尊嚴……那算什麼啊？」

「從一千多年以前的狗祖先開始，狗就被訓練成人類的忠心幫手與寵物，這是我們與生俱來的天性，我們就是為了陪伴人而配種誕生的。」

老土狗停下腳步，看著小行：

「公主對主人的愛，勝過對自己的愛。她選擇留下來等他，那是一份值得尊重的感情。」

「我還是不懂……為什麼？為什麼！」

小行坐在地上哭叫著，臭臭拿他沒辦法，抬起頭來左右看了看。

「這裡離那個地方很近……去那裡休息吧。」

臭臭帶著傷心的小行慢慢地走，在黃昏的時候來到一戶農家前面。紅磚三合院門外，大門是鎖起來的。

「你看，這裡是什麼地方？」

小行抬起紅腫的眼睛，看到三合院門口有一棵長了很多樹鬚的大榕樹，他記得以前爬過這棵大樹：

「這裡是——新竹的外婆家！」

「如果老頭子的記性還靠得住的話……有了，在這裡。」

臭臭在圍牆的草叢後找出了一個狗洞，和小行鑽了進去。

看到三合院裡生著雜草的曬穀場，老舊斑駁的紅磚農舍，積滿灰塵的農具鐵鋤，臭臭露出懷念的表情。

「和你外婆還在時一模一樣……咳咳咳！」

臭臭突然劇烈地咳嗽起來，小行擔心地問：

「臭臭，你還好吧？」

「沒什麼……今天晚上我們就睡在這裡。」

秋天的夜晚透著涼意，稻田溝渠裡的雨蛙鳴叫聲，從農舍的木窗縫裡陣陣傳來。小行與臭臭在農舍的客房舊木床上，靠在一起睡著。

睡在室內比較舒服，熟睡的小行作了一個夢。夢中的他是一隻狗，跟在一位戴著魔術帽的老外國魔術師身邊。

（我在什麼地方？這個人是誰？）

小行看了看旁邊，旁邊有張鏡子映照出自己的臉。小行嚇了一跳，那是臭臭的臉，只是比現在年輕很多。

（我知道了，這是臭臭作的夢。這個人就是牠最早的主人嗎？）

夢中的臭臭跟在小馬戲團的老魔術師身邊，在台灣小鎮四處巡迴，作了很多場魔術的表演。

老魔術師鼻子又高又彎，不知道是從哪一個國家來的。老魔術師感覺很寂寞，常常假裝臭臭是他的學生，教牠一些魔術的祕訣。

臭臭和魔術師一直都在一起，直到有一天，魔術師挑戰困難的魔術。

他把自己關在大水槽裡，要從機關脫出。可是過了時間，老魔術師還沒有逃出來，馬戲團的人還沒有救他，臭臭已經跳下了水槽。

臭臭使盡了力氣，也沒有辦法救出魔術師，自己也溺水了。

牠在水裡掙扎的時候，眼前出現了一片光芒，光芒中魔術師面帶微笑，走上一座雪白的長階梯。

看到老魔術師順著階梯向著天空走去，臭臭拚命地想要跟上去，卻被一面看不見的牆擋住，怎麼都無法靠近。

（那裡……就是天堂嗎？）

階梯上的老魔術師回頭對臭臭微笑，把頭上的魔術帽摘下來，拋給臭臭，然後轉身消失了。

小行感到一股非常傷心的情緒湧了上來，就像是最重要的親人就要消失

了。可是牠沒有辦法靠近主人，只能不斷地大聲吠叫。

（好傷心，心好像都要碎掉了……這就是狗被主人拋下的感覺嗎？）

魔術師死了以後，臭臭度過了一段漫長的流浪狗生活。

牠似乎從主人那裡得到了一股不可思議的能力，偶爾使用出來的魔術，讓牠得到了狗魔術師的稱號。

可是主人不在身邊的日子是那麼寂寞，臭臭已經不想再變魔術了，當牠連生存都失去力氣時，遇到了小行的外婆，一個白頭髮的農家婦人。臭臭全身髒臭地經過三合院門口，被在曬稻穀的小行外婆看到。她很雞婆的把臭臭拉進院子，幫牠用力地洗了個澡。

「我看不慣啦，你這臭臭。把你給洗個香香！」

臭臭的名字就是這麼來的。後來牠就在外婆家留了下來，幫她看看門，趕趕小偷，過著平靜的日子。有一天，外婆的孫子到鄉下來玩。

（咦？那不是我嗎？）

小行看到自己跟著爸爸媽媽，到這裡來看獨居的外婆。夢裡的小行只有兩歲大，連路都還走不穩，外婆牽著小行的手走向臭臭。

「臭臭，這是我孫子小行！」

臭臭看了小行一眼，無聊地打了一個呵欠。

「牠叫臭臭，去和牠玩。」

「伊！狗狗！」

小男孩咿咿呀呀地叫著走向臭臭，老土狗一臉無奈地被摸來摸去，還被拉著皺紋與尾巴。

「臭臭啊，雖然你看起來很臭屁，但我知道你心地最好了。」外婆笑著說：「以後要幫我看著小行哦！」

臭臭又打了一個呵欠，勉強點了點頭，閉眼睡著了。

（臭臭……你是因為這樣才照顧我的嗎？可是為什麼我會看到臭臭的回憶呢？）

外婆的大嗓門聲音，在小行的身邊響起：

「是外婆讓你看的呀！」

（咦？）

在一片黑暗的世界裡，小行發現自己恢復成小男孩的模樣，兩年前去世的外婆微笑著站在他的面前。他的眼眶紅了，用力抱住她：

「外婆！我好想妳！」

「乖孫，好不好啊？」

「我和媽媽都很想妳，可是……可是我現在……」

「你變成小狗了，對不對？」外婆摸著小行的頭，親切地說：「你要感謝臭臭哦。」

「為什麼？」

「外婆從臭臭的夢裡知道，其實你被車撞了以後靈魂離開身體，馬上就要死了。是臭臭用魔術把自己的生命力分給你，你才會變成小狗而沒死。」

外婆慎重地說：

「所以你要快點回到自己的身體，不然臭臭的生命力量用完，你們兩個都會死的。」

「什麼……？那我們要快點回家才行！」

「別急，再給外婆抱抱。」

白髮蒼蒼的外婆抱著小行，撫摸著他的頭髮：「乖孫子，長得這麼大了……」

「外婆，我好想妳……」

「好啦，回家的路很辛苦，你們要加油哦！」

「嗯！」

外婆像小行記憶中那樣大笑了幾聲，身體發出光芒，逐漸消失了。

隔天早上，太陽才剛從山邊升起，小行就拉著臭臭走到舊家門口，急著要出發。

「臭臭快點啦！我們快點回家啦！」

「怎麼，終於懂得要著急了？」

「快啦！」小行把拐杖塞給臭臭，臭臭伸了伸懶腰。

「好好好，別催老頭子。」

他們走出三合院門口的時候，小行外婆的聲音，忽然在臭臭的耳邊響起。

（好臭臭，辛苦你了。）

臭臭回頭一看，卻沒有看見人。老土狗看著三合院裡，外婆以前的房間窗口發呆。

「臭臭，快走啦！」小行喊著。

「好，好。」

臭臭向三合院點了點頭，撐著拐杖，轉身離開了。

15. 艱難的旅程

臭臭帶著小行走過小鎮與郊外，一路沿著省道朝北方走。

陽光把柏油路曬得很燙人，小行走一下就要休息一下，在腳皮磨破以後，他才知道沒穿鞋子的狗有多辛苦。臭臭的傷口還沒有痊癒，只能撐著拐杖，一步一步慢慢走。

許多砂石卡車在省道上來回穿梭，司機都不會注意路上的流浪狗。有一次小行差點被轉彎大卡車的巨輪輾過，還好臭臭把他及時拉開。

「好恐怖哦！」小行嚇得臉都白了。

「離車子遠一點，流浪狗最常被車子壓死了。」臭臭說。

老狗與小狗走過人群與街道，走過山坡與樹林，不知道走了多遠以後，他們終於看到一個標著「楊梅市」的路標。

小行背著的乾糧已經吃光了，他吐著狗舌頭，不停哈著氣：

「好熱……好餓……我快要昏倒了……」

「再……忍耐一下……就可以休息……」臭臭也很累了。

「那邊……有吃的！」

小行看到路邊有一個店家，門口屋簷下掛了幾塊熟豬肉，不由得想走過去。

「笨小鬼，那個肉不能吃！」臭臭拉住他。

「為什麼？」小行看著好像很美味的豬肉流口水。

「肉上面有下毒。」

「什麼？」小行嚇了一跳。

「有一些開餐飲店的人很討厭流浪狗出沒，會用毒餌來毒狗。」臭臭說。

「可是我好餓……又熱……」

小行喘著氣，他又看到路邊的樹下有一個中年太太，煮著一鍋大雜飯在餵狗，許多流浪狗都聚集去吃。

「那些是餵流浪狗的善心人，他們的食物可以吃的。有一些好人還有團體，會幫助流浪狗……」

「哇——有吃的了！」

也不管臭臭在說什麼，小行已經跑過去就討吃的了，臭臭苦笑一下，跟了過去。

晚上的楊梅市公園裡，小行踩在臭臭的肩膀上，喝著飲水機的水。喝完以後把水裝在魔術帽裡，放給臭臭喝。

臭臭在垃圾筒中搜出一個沒吃完的便當和半個麵包，拿給肚子又餓了的小行。小行皺著眉頭，最後還是和臭臭一起吃了。

小行和臭臭躺在公園的草叢一角，小行看著陌生的小鎮夜空。

「我走得好累好累……還要多久才能到得了家？」

「還久得很，別去想就好。」

「我們會不會……回不去呢……」

「你再想這些，就真的回不去了……咦？」

小行的頭枕在臭臭的肚子上，已經睡著了。老土狗忍著傷口的痛楚，彎著身體護住小狗，和他一起睡了。

再經過兩天辛苦的步行跋涉，小行和臭臭終於來到了離台北不遠的桃園市。臭臭撐著拐杖，步伐走得越來越辛苦。

「臭臭，你還好吧？」

臭臭搖了搖頭，帶著小行朝通過市區的省道走去。

經過桃園火車站前的商業鬧區時，小行好奇地東張西望，忽然臭臭摀住他的嘴巴，把他拉到旁邊的小巷裡。

（臭臭，你幹嘛？）

（噓……你看那邊。）

小行看到前方街角有一輛黃色小貨車停了下來，車身標示著「清潔隊捕狗大隊」，後面還載著幾個鐵籠。

（那就是捕狗大隊？）

（噓！）

貨車上走下一個穿著黃色制服的捕狗員，他的手上拿著一根鐵棒，鐵棒前端有一個大鐵絲圈，朝著路邊的一隻流浪狗慢慢地走了過去。當流浪狗驚覺時，已經被鐵絲圈套住脖子。

「啊！」小行驚呼，他看到捕狗員把鐵絲圈收緊，鐵棒舉起，把流浪狗整隻抬了起來。

流浪狗被勒住脖子，連聲音都發不出來，痛苦地四腳掙扎著。捕狗員把流浪狗抬到貨車旁邊，像丟垃圾一樣，用力地把野狗甩到鐵籠裡。

「那隻狗——被他摔死了！」小行叫了出來。

「噓！」

捕狗員聽到小行的狗叫聲，轉身拿著鐵絲圈，朝著他們巷子的方向走了過來。小行緊張得全身發抖。

「臭臭，我們完蛋了！」

他正不知道該怎麼辦時，前方突然傳來一聲狗叫。

「汪！汪汪汪！」

捕狗員回頭，看到一隻白色的西施犬，站在左邊的巷子裡向他吠叫。

小行驚喜叫著：「是妹妹！她怎麼會在這裡？」

這時又有兩聲狗叫聲傳來，一隻是臘腸狗，一隻是拉布多狗。牠們站在捕狗員的另外兩個方向的巷口。

「是大腸和拉不多！」小行叫著。

「怎麼一下跑出這麼多隻？要追哪一隻？」捕狗員疑惑了。

「小行，你快逃！」

妹妹、大腸、拉不多牠們大叫一聲，分別往不同的方向逃跑，臭臭拍了拍小行：「我們也快逃！」

捕狗員看到每一隻狗同時都跑了，遲疑了一下才朝著小行他們的方向追去，卻看不到狗影了。氣得他把鐵絲圈摔在地上：

「可惡，這些狗也太聰明了吧！」

小行和臭臭逃到了桃園市郊的省道馬路邊，老狗小狗都是吐著舌頭，氣喘不止，臭臭的表情更是痛苦。

「臭臭，你還好吧？你看起來好難過。」小行問。

「咳咳……沒……事……」

「小行——！」

從省道的另一邊上，妹妹、大腸和拉不多穿越馬路朝他們跑了過來，小行興奮地迎了上去：「妹妹！大腸！拉不多！」

「小行，我們終於找到你了！」妹妹高興地握住小行的手。

「小帥哥，看到你真好啊！」大腸叫著。

「和氣……生財……」拉不多慢吞吞說著。

「你們不是在桃花源，怎麼會來呢？」小行問妹妹。

「我們覺得桃花源的大家對你們太過分了，所以還是追了過來，想要幫助你們回家。」

「不是因為妳整天都在想小行嗎？」大腸吐槽說。

「才沒有呢！」妹妹的臉紅了。

「謝謝你們，我好高興啊！」小行說。

「誰叫我們是『小狗隊』呢？」大腸眨了眨眼，大家都開心地笑了。

當小行和妹妹他們歡笑重聚時，身後的老土狗，卻搖搖晃晃地倒了下去。

「臭臭！」

小行和妹妹牠們圍著臭臭察看。只見老土狗昏倒在地上，蒼老發白的舌頭吐出，十分痛苦的樣子。

「臭臭！你怎麼了！」

「魔術師爺爺！」

16. 我是小行啊！

省道大馬路上來往的汽機車燈光，在夜晚的路燈下閃爍來去。臭臭躺在路邊雜樹林的一棵樹下，虛弱地睜開眼睛，看到小行與小狗隊的同伴擔心地看著自己。

「我……怎麼了？」

「魔術師爺爺，您昏倒了。」妹妹說。

「老頭子……年紀大了……咳咳……」

「才不是因為年紀大，而是因為你把生命分給我的關係！」小行哽咽著說。

「爺爺，剛才小行已經跟我們解釋過，他真的是人類變的，現在你們要回去找他受傷的身體。」妹妹說。

「你……怎麼還是說出來了？」臭臭皺眉看著小行。

「我不想瞞著真正的好朋友嘛。」

原來小行看到妹妹牠們竟然來追自己和臭臭，十分感動，就決定把真相告訴牠們。他相信小狗隊一定能理解的。

「我們雖然被主人拋棄，但並不是真的討厭人類。」妹妹說。

「小行算是例外啦！」大腸哼了一聲，拉不多慢吞吞地說：

「我們會幫助……小行回家的。」

「難得你……有這些好朋友……呃！」

臭臭撐持著疼痛無力的四腳，才勉強地站了起來，馬上又要摔倒，小行趕緊扶住牠。

「臭臭！你先在這裡休息，我自己回家去吧！」

「小鬼頭，你知道回家的路要怎麼走嗎？」

「這個……」

「老頭子……一定要把你帶回家……」

臭臭推開小行，撐著拐杖一瘸一拐地向前走，小行的眼眶紅了，只能和妹妹牠們跟在後面。

從深夜走到白天，從桃園走到板橋，小行他們不眠不休地走在往台北市的路上。有幾次臭臭快要倒下了，小行過去扶牠，臭臭把他推開又再繼續走。

昏暗的天空下起了大雷雨，豆大的雨點落在街道上，一行狗走到旁邊的麵包店屋簷下休息躲雨。

「哪來的野狗，嚇得客人都不敢來了，去！去！」

麵包店的店員拿著掃把出來趕狗，他們只好冒著大雨繼續前進。

路上有幾個善心的國中女生逗弄著小行與妹妹，還給他們吃餅乾。

從學校放學的小學生隊列裡，有幾個頑皮的男生一起用石頭丟狗，小行被丟中屁股，痛得汪汪叫，大腸大聲罵著：

「這些人怎麼這麼可惡，還用石頭丟狗！」

想到自己好像也做過一樣的事，小行摸著屁股，不禁有點臉紅。

他們繼續在車陣與廢氣裡向前走，就在大家都已經筋疲力盡，好不容易走上華江大橋的時候，妹妹指著前方都市一棟特別高的大樓問：

「小行，那個很高的大樓是什麼？」

「那是……台北一〇一大樓！」

小行興奮地跳了起來，拉著妹妹的手大叫：

「我們到了！真的從新竹走到台北市了！」

「耶！終於到了！」大腸叫著跳到拉不多的背上，拉不多把牠高舉起來：

「成……成功！」

一群流浪狗在路邊大聲歡呼，經過的行人都不禁回頭多看他們一眼。

小行發現臭臭一瘸一拐的，已經走遠了。

「我們快跟上去吧，要到我家還很遠呢！」

台北市的街上警察很多，會抓流浪狗的清潔隊員也不少。

小行他們在臭臭的帶路下躲開清潔隊員，走過幾個街區，終於來到了小行家的公寓前方。雖然腿已經瘦得沒有感覺，看到自己的家，小行還是忍不住衝了過去。

「爸爸——媽媽！我回來了！」小行一馬當先，衝向公寓樓下。

「瞧他高興的。」大腸說。

「好不容易到家了嘛。」妹妹笑了。

「不行……快回來！」

臭臭忽然撐著拐杖向前走，對公寓樓下的小行大叫。

「魔術師爺爺，怎麼了？」妹妹問。

「小行忘記了，他現在還是一條狗！」

這時小行的爸爸剛好推開公寓樓下的鐵門，提著幾包塑膠袋走了出來。小行高興地衝了上去，對他又叫又跳：

「爸爸——我回來了！」

在爸爸的眼中，只看到一隻骯髒的小黃狗朝著自己汪汪亂叫：

「哪來這麼髒的小狗？噓！走開！」

「爸爸？我是小行啊！你不認得我了嗎？」

「小行！不可以！」臭臭追著小行，走到小行爸爸前面。

「臭臭？你不是被我留在新竹，怎麼跑回來了？」

小行的爸爸詫異地看著老土狗，妹妹、大腸、拉不多也跟著來了。

「哇！臭臭你怎麼帶回來這麼多野狗，我都還沒跟你算帳……你把小行給害慘了！」

爸爸突然激動了起來，從塑膠袋裡拿出一個藥包，上面印著「和平醫院」的標誌。

「你看，我要去和平醫院照顧小行，因為他被卡車撞到，到現在都還醒不過來，變成植物人了！」

爸爸對臭臭揮舞著藥包，氣得臉都紅了：

「都是要去丟你啦，不然小行怎麼會被車撞？我只有這麼一個寶貝兒子……都是你害的！」

「爸爸！你怎麼這麼說呢？」小行叫著，臭臭拉著他的手。

「小行！我們先離開吧。」

就在這時，一輛捕狗車停在路邊，一高一矮兩個捕狗員手持有鐵圈的鐵棒走了過來。大腸和妹妹害怕地想要逃開，卻被矮個子捕狗員給擋住了。

「先生，我們是捕狗大隊的隊員，附近有住戶通報一群流浪狗在社區出現，就是這些狗嗎？」高個子捕狗員問。

「對，請你們把牠們抓走！」爸爸說。

「糟了！」大腸大叫。

「小行，快跑！」妹妹叫著。

大腸正想要跑時，被矮捕狗員用鐵絲圈套住脖子，抓了起來。妹妹和拉不多逃到一半，又跑了回來。

「放開大腸！」

「白痴……你們回來幹嘛……」大腸哀號地叫著。

「我們不能丟下你——呀啊！」

矮隊員很快地把妹妹和拉不多也用鐵絲圈抓了起來，高大的拉不多也無法抵擋鐵絲圈套住脖子的劇痛，被用力丟到捕狗車的鐵籠裡。小行焦急地大叫：

「爸爸！他們是我的朋友，快幫幫他們啊！」

「先生，這邊的兩隻狗是你養的嗎？」高個子的捕狗員問小行爸爸。

「這小黃狗怎麼還戴著眼鏡？牠的眼鏡怎麼和小行的很像？」爸爸這時才注意到小行臉上的眼鏡，露出疑惑的表情。

「先生！」

「哦！沒有，這兩隻狗不是我養的。」爸爸說。

「那我們就一起抓了！」

高捕狗員把鐵絲圈罩向臭臭，眼看臭臭就要被套住時，小行用力把臭臭撞開，救了臭臭，自己卻被勒住了脖子。

「小行！」

「臭臭……你快逃！」小行雙腳抓著套住脖子的鐵絲，掙扎大叫。

高捕狗員把小行抓到捕狗車的鐵籠關著，又和矮捕狗員來抓臭臭。

臭臭看到公寓門口旁有一個有蓋子的大垃圾筒，就吃力地爬到裡面去，又把蓋子蓋起來，兩個捕狗員看得哈哈大笑：

「這狗真是老得糊塗了，躲到這裡就以為不會被抓嗎？」

高捕狗員把垃圾筒的蓋子用力掀開，卻發現裡面只有垃圾。

「咦？狗呢？」

「哇塞！這狗會變魔術啊？」

兩人瞪大眼睛，四處都找不到臭臭，只能無奈地走回捕狗車上。

「那老狗也真是邪門。」

「算啦！抓了這幾隻狗，快達到一天六隻的業績了。」

矮捕狗員笑著發動車子，後面車廂的狗籠裡，小行、妹妹、大腸與拉不多因為被摔進去的疼痛，還痛苦得爬不起來。

捕狗車開到馬路上以後，臭臭從車頂抬起頭來。原來不知道什麼時候，牠已躲到了捕狗車的車頂。

17. 狗的地獄

黃昏的夕陽映照在台北聯外陸橋下的河水上，捕狗大隊的捕狗車又抓到幾隻流浪狗以後，來到了橋下垃圾場旁的一座鐵皮屋頂建築前面。建築掛著的招牌寫著「流浪動物收容所」，一股貓狗的糞便臭氣籠罩著收容所，氣氛十分詭異。

小行、妹妹、大腸、拉不多與其他狗擠在籠子裡面，好幾隻狗都在被抓時受傷了。拉不多的身體不停發抖，震得大家也跟著牠一起抖。

「拉不多，你不要一直抖嘛！」大腸叫著。

「可是……這房子的味道……好可怕。」拉不多一直發抖。

「也許那些人只是帶我們來這裡洗澡，或者打個流行病預防針，沒事的啦！」小行勉強安慰大家。

捕狗車停在收容所門口，兩位穿著藍色制服的管理員走上前來，管理員一個肚子很胖，另一個則像隻瘦皮猴。

「這裡已經滿了，沒辦法再收狗了啦。」胖管理員說。

開車的高捕狗員堆著笑臉：「幫幫忙啦，別家也都滿了。」

「我們的合理收容量只有一百隻，現在已經塞了快四百隻！」瘦管理員說。

「既然都收了那麼多隻，再收這幾隻有差嗎？」捕狗員說。

「好啦，昨天有幾十隻新竹的也送到這裡來，怎麼每天都有那麼多流浪狗啊？」胖管理員抱怨著。

「有一些不是流浪狗，是牠的主人不想養了，就直接簽放棄飼養書，叫我們去他們的家裡收狗。」捕狗員說。

「現在的人愛買小狗，懶得養了就丟掉，真是造孽啊。」胖管理員

說。

「你們收容所『處理』得太慢，才會有那麼多狗啦。」捕狗員說。

「照規定要十二天沒人認領，才能處理掉。我們幾個人要管理這麼多狗，根本忙不過來。」

瘦管理員一邊嘆氣，一邊用鐵絲圈勾子把車子裡的狗給抓出來。

「反正裡面的『狗瘟熱』還有『狗腸炎』都很嚴重，不用我們處理，很多狗自己就掛掉了。」

小行看到收容所的昏暗空間裡，密密麻麻地放了四層十幾個大鐵籠，每個鐵籠裡都裝滿了十幾隻流浪狗。

籠子裡滿是糞便與狗尿，許多狗瘦骨嶙峋，眼光呆滯，也有的趴在鐵柱上不斷吠叫。

看到有新的狗進來，裡面的狗紛紛吠叫起來。胖管理員戴著手套，先用掃描機掃描過小行這批狗，確定沒有寵物資料晶片以後，再把牠們一隻隻給硬拖進狗籠。

狗籠分成公狗、母狗、剛出生的幼犬三種，妹妹要被關到母狗籠，小行、大腸、拉不多則要被丟到公狗籠。

「小行！大腸！」妹妹叫著被關進母狗籠裡。

「妹妹！」小行被丟入了公狗籠，大腸也和他被丟進同一間：

「好痛！輕點行不行！」

拉不多努力掙扎著，但是牠的脖子被鐵絲套住，還是被胖管理員惡狠狠地壓進籠子：「給我進去！媽的，要不是其他的工作難找，誰要做這種缺德的工作……啊！你咬我？」

籠子裡有一隻長耳小獵犬趁籠子打開的時候，趁機咬了胖管理員的手一口，管理員一掌把小獵犬打倒在地。

「可卡？」小行驚呼。

咬管理員的正是桃花源的可卡，可卡看到小行也是十分驚訝：

「小行，你們也被抓來了？」

「還好我有戴手套，混帳東西！我記住你這隻獵犬了。」

胖管理員關上鐵籠，嘴裡咒罵著走了。

「可卡，你不是在桃花源，怎麼會在這裡？」小行問。可卡咬著牙，恨恨地說：

「我們的桃花源……被毀掉了！」

對面籠子的妹妹聽到了，驚訝大叫：「桃花源被毀了？」

「在妹妹你們走了以後沒多久，捕狗大隊的十幾個人拿著鐵絲圈衝進來桃花源，看到狗就又抓又拖的。」可卡說。

「好……好可怕！」拉不多發抖著。

「他們的手段好殘忍，用鐵絲圈套頭，用力一提一甩，我們就痛得動都不能動了。而且他們連那些身體殘障的老狗，剛出生的小狗都不放過。」

「老連長沒有阻止他們嗎？」妹妹問。

「老連長的年紀大了，捕狗大隊的人根本不理他，他氣得昏倒在地上，也不知道怎麼樣了。」

「捕狗隊怎麼會到桃花源抓狗，是附近的人去檢舉的嗎？」小行問。

「哼！說到這個才氣人。」可卡大聲說：

「黑霸為了報復我們毀了狗肉店，竟然和手下去引誘捕狗大隊的人到桃花源來，結果他們自己也被抓了。」

「黑霸他們也被抓了？」小行問。

「不就在那裡嗎？」小行順著可卡指的方向看去，只見黑霸和灰金、黑金一黨被關在另一邊的大鐵籠裡。惡狗們垂頭喪氣，一點也沒有當初的臭屁樣子。

「哼！害人害己。」大腸說。

「那大狼呢？牠也被抓住了嗎？」妹妹叫著。

「大狼可厲害了，他跑得那麼快，捕狗隊的人根本抓不住他。」可卡說。

「可是他也救不了我們，只能帶著幾個兄弟突圍去了。後來我們就被分開運走，有的就送到這裡來了。」

小行往左右的籠子看去，發現還有十幾隻狗是從桃花源來的，連那一隻狆狗長老都在裡面。

「這個收容所很可怕，把各種生病的狗都關在一起，已經有很多狗就這樣子病死了。」可卡警告他們：

「你們要小心別接觸到生病的狗，不然被傳染了，可不會有醫生來救你的。」

「那麼只要我們不被傳染，就有人會來救我們嗎？」妹妹問。

可卡沒有說話，只是搖了搖頭。

小行他們在收容所裡的恐怖日子，就這麼開始了。

每天早上收容所的屋頂天窗會打開，讓陽光照進來。管理員用水管噴水沖洗鐵籠裡的狗屎狗尿，還有生病的狗流出的血水。

沖洗完以後，管理員會在每個籠子裡倒下一小盆狗飼料，這就是裡面七、八隻狗一天的食物。

為了搶奪飼料，比較強壯的大狗互相吼叫打架，贏的狗才能先吃。軟弱或生病的狗只能躲在角落，撿一些掉落的碎粒來吃。

「汪！噢嗚！」

「你不能獨佔，我們要把食物均分！」

可卡雖然身體小，但是很敢打鬥，又有正義感。小行籠子裡的大狗想要獨佔狗飼料，被牠咬住腳跟後制止了。

「謝謝你，可卡。」小行和大腸把飼料平分給籠子裡所有的狗。

妹妹的運氣就沒有那麼好了，牠在籠子裡是比較小的母狗，搶不到狗飼料。小行、大腸與拉不多只好想辦法把自己的飼料拋給牠。

小行看到隔壁籠子有一隻餓得皮包骨的杜賓狗突然倒了下去，頭垂在地上。

「那隻狗餓倒了，快來救他呀！」

小行對胖管理員喊著，胖管理員卻只是不耐煩地拿著黑色垃圾袋，把那杜賓狗還有其他倒下的病狗給帶走了。

「那些狗會怎麼樣？他們會被治療嗎？」小行問。

「我不知道他們會怎麼樣，但是我看過這裡的房子後面有一根煙囪，一直都在燒著灰色的煙。」可卡說。

「那該不會是……焚化爐？」

小行嚇得臉色發白，不敢再往下去想。大腸和拉不多也沒有心情開玩笑，一群狗默默地坐在籠子裡。

到了中午，開始有一些居民來收容所裡看狗，如果能被他們給領養走的話，就能從這個可怕的地獄離開。

有的狗趴在籠子邊，拚命地對那些人搖尾巴。有的狗放棄了，用無神的眼神看著外面。還有的狗傳染病發作，全身不停打顫發抖。

一整天下來，四百多隻狗裡有四、五隻幸運的名種狗與小狗被人領養走，但是沒有人理會雜種狗、老狗與病狗。

小行沮喪地看著頭上的天窗關起，收容所裡陷入一片黑暗，忽然他看到前方籠子的灰金突然抖了幾下，在籠子裡吐了。

「難道灰金也被狗瘟傳染了，他不是才進來幾天嗎？」

沒有狗能回答他的問題，大家害怕地瑟縮在黑暗裡，等待下一次白天的光線來臨。

隔天的早上，天窗再次打開，小行覺得這一天的氣氛有點不一樣，所有的狗都不說話了。

有一位戴著口罩的獸醫在鐵籠外面巡邏，看了幾眼籠子裡面的狗以後，就在外面每隻狗的資料卡上畫記號。

「那個人在做什麼？」小行問。

有一隻和他們關在一起的老馬爾濟斯狗，開口說話了：「他在畫記號，只要是應該要被『處理掉』的狗，就會被作記號。」

旁邊一隻混種米格魯狗，尾巴發抖著說：

「對……這裡的狗只要過了十二天沒有被人領養，或是生病被發現，就要被處理掉。」

「我剛好十二天了，你幾天？」馬爾濟斯狗發抖著。

「十三天，我已經十三天了！」米格魯傷心地說。

「什麼是處理掉？」小行問。

「我們也不知道，但是要處理的狗會被帶走，然後那一天後面的煙囪，就會一直冒出灰煙……」

「怎麼這樣……」小行驚慌起來，拚命抓著鐵網。

「不要！我不要被處理！」

「小行，你冷靜一點！」旁邊的可卡和大腸阻止他。這時收容所的鐵門打開，胖管理員和瘦管理員手上拿著鐵絲圈長桿走了進來。

看了資料卡上的記號以後，他們把要被處理的狗從籠子裡抓出來。被套住的狗不管怎麼掙扎，還是只能被勒緊脖子地拖走，有些狗被嚇得連屎尿都流了出來。

「不要……不要抓我啊……」

黑霸的籠子裡，生病的灰金也被管理員抓走，淒厲的哀號聲像鋸子一樣鋸著所有狗的耳朵。

這些狗被拖進一間標示「處理室」的房間門裡，更為響亮的哀號聲，從門縫裡不斷傳出來。

終於兩個管理員，走到了小行他們的籠子前面。

大腸和拉不多在角落抱在一起，縮著尾巴不斷發抖著。

「拉不多……不要抖啦…嗚嗚……」

「可……可是你也在…抖啊……」

小行也害怕得全身發抖，只怕自己會被拉出去，可卡在他耳邊說：

「小行，你還記得我們一起被關在狗肉店的籠子裡嗎？」

「記……記得。」

「那時我說流浪狗生活在地獄裡面，到哪裡都是會死，為什麼要逃走？」

可卡看著小行，眼神十分堅定：

「但那是錯誤的想法，大狼的精神啟發了我，就算我們是狗，也要為了生存，為了尊嚴奮戰到最後一刻。不管我發生了什麼事，你都要記得我的話。」

「可卡……」

長柄鐵絲圈忽然從籠口伸了過來，套住可卡的脖子，把牠給舉到空中。

「汪嗚……！」

「可卡！」小行驚呼。

胖管理員舉著鐵絲圈，得意地大笑：

「嘿嘿！這隻獵犬上次敢咬我，這次我就把你給先處理掉！」

「喂！那隻狗還沒來超過七天，不能處理的。」瘦管理員說。

「襲擊人的狗是有病的瘋狗，照規定可以先處理掉的啦。」胖管理員說：「反正再過幾天，這些狗還不都是一樣下場。」

可卡被吊在鋼圈上，一動也不動地被拉出籠子，小行、大腸和拉不多，還有對面籠子裡的妹妹都抓著鐵網，大聲叫著：

「放開可卡！不要殺他！」

「嘿嘿，這狗該不會已經被我勒死了吧？」

胖管理員得意地放低狗頭垂下的可卡，靠近牠的臉來察看。可卡突然張開狗嘴，咬了胖管理員的鼻子一口。

「啊——！」

胖管理員痛得摀住鼻子，可卡被拋到地上，趁機想逃跑，卻躲不過其他幾個管理員的包圍，又被鐵絲圈給套住脖子。

「汪……汪汪！」

「這隻咬人的瘋狗！給牠死！」

可卡終究還是被管理員們又踢又打的，硬給拖走了。

米格魯、馬爾濟斯狗也跟著被帶走了。

小行流著眼淚塞住耳朵，不忍聽門外傳來可卡與其他狗，最後的哀號聲。

18. 絕處逢生

時間拖拖拉拉地經過，小行也不知道自己在收容所裡待了多久。失去可卡這個好朋友，他和大腸、拉不多都難過到麻木了。

沒有可卡維持秩序，狗籠裡的飼料總被新送來的大狗搶走，小行他們只能舔籠子底下的殘粒。桃花源來的狗一隻隻減少，黑金生病以後也被抓走了，只剩下黑霸躲在籠子角落，稍有風吹草動都會把這隻獒犬嚇得半死。

長老狆犬還在籠子裡傳教，又收到了幾隻狗信徒，牠要眾狗悔改上天堂的嘮叨聲，有氣無力地在收容所裡迴響。

有一天深夜，燈光昏暗的收容所裡，小行肚子餓得醒了過來。妹妹在

另一邊籠子裡，虛弱地說：

「小行……你醒著？」

「對……妳還好嗎？」

「待在這個籠子裡……我天天都夢見……我的媽媽……」

白色的西施犬已經瘦得像皮包骨，聲音微弱地說著：

「我的媽媽是繁殖場的狗……從一出生就被關在小籠子裡，專門生小狗。還不到兩歲，就生產了五次……身體都壞了……後來就死在籠子裡。」

「她從生下來到死掉……都沒有離開過那個小籠子……」

「那樣好慘啊。」小行難過地說。

「我的主人……是一個小女孩，對我很好……她的媽媽又生了一個小孩……怕我會造成過嬰兒過敏……就把我給丟了……」妹妹用像在哭泣的聲音說：

「這不是小主人的錯，但是我還是好傷心……好傷心……」

「如果要丟了我……為什麼一開始還要養我？我……為什麼要出生在這個世界……」

「妹妹！」小行發現妹妹的眼睛發紅，全身發抖，好像在發燒。

「不會吧，妳也生病了？」

「臭臭說過狗不能……進去天堂？」

妹妹流淚的黑眼珠看著小行。

「你是人……我是狗，我們死了以後……就見不到面了。請你和天神說……給狗一雙翅膀……」

「……讓我們飛向……有主人在的……天堂……」

妹妹說完就閉上眼睛，像是睡著的樣子。

「妹妹！妹妹！」

「小行，你怎麼了？」大腸和拉不多醒了過來。

「妹妹她生病了！怎麼辦？怎麼辦？」

小行傷心的叫喊聲在黑暗的收容所裡迴響，忽然一個熟悉的老狗聲音，在他的背後響起：

「咳咳……小鬼頭，你是要把管理員都叫來嗎？」

鐵籠外面的黑暗裡，慢慢走出一隻撐著拐杖的老土狗。

「臭臭！是你！」小行和大腸、拉不多興奮地叫著。收容所四周的鐵門都深鎖著，不知道牠是怎麼溜進來的。

「噓……別吵。」

旁邊狗籠裡的狗都在睡覺，沒有狗注意到臭臭。小行發現老土狗的傷口還是沒有好，走起路來一瘸一拐的，好像變得更衰弱了。

「魔術師爺爺，你怎麼來了？」大腸問。

「其實我早就到了外面，只是沒有力氣潛進來。等我休息幾天恢復了一點力氣，才把這裡的環境給摸清楚。」臭臭走到妹妹的狗籠邊，察看牠的狀況。

「還好，她是剛開始的狗瘟熱症狀，不過如果沒有接受治療，妹妹應該撐不了十天。」

「那該怎麼辦？我們要救她呀！」小行焦急地問。

「原來我只想要救你們幾個出來……看到這裡以後，我改變了主意。」

臭臭左右環視，嘆了一口氣：

「狗是人類最好的朋友，但人類是狗的朋友嗎？隨興地養狗，任意地遺棄，看看這裡，簡直就是狗的地獄。」

臭臭不知從那裡取出了魔術帽，罩住小行狗籠的門扣，門扣搭的一聲打開了。

「為了能救出更多的狗，我需要你們的幫忙。」

通——！

深夜黑暗的收容所裡，上面的幾盞大燈打開了。

「汪……汪汪？」

「天亮了嗎？」

睡夢中的狗群醒了過來，看著在天花板支架上的大燈，還有站在燈光旁邊鐵架上的老狗臭臭。

「咳……咳咳，各位朋友，我是狗的魔術師臭臭，有一件很重要的事要對大家說。」

小行和大腸站在牆邊的電燈開關旁，幫忙臭臭操作燈光。

等更多的狗清醒過來以後，疲憊衰弱的臭臭，打起精神繼續說：

「你們被關在狗的地獄裡，每一天都可能會病死，或是被抓去處理掉。除了非常少的狗會被領養，其他的狗都活不過十二天。」

「那個魔術師騙子，又跑到這裡騙人了。」長老狗咒罵著，但是有更多的狗抬起頭來，專心聽著臭臭說話。

「狗是人類的寵物，但是我們也有追求生存的權力。」

「那你可以用魔術把我們救走嗎？」有一隻哈士奇狗大叫。

臭臭搖了搖頭：「我又老又病……沒有那種力氣。」

籠子裡的狗都失望地低下頭，臭臭衰弱的嗓音卻高亢起來：

「但是如果所有的狗都能鼓起勇氣，我們可以一起來變魔術……自己來救自己！」

臭臭的魔術帽裡噴出了鴿子與彩帶，讓所有的狗都瞪大了眼睛。

「明天將會有一場殘忍的『大處理』，也是我們最後的機會。」

臭臭發抖的雙手高舉魔術帽，大聲宣言：

「老魔術師將會帶領你們，以這個地獄為舞台，進行最盛大的一場逃脫魔術！」

19. 臭臭的大魔術

早上的收容所門口，胖管理員打了個呵欠，和瘦管理員戴上厚皮手套。今天又是他們例行「處理」狗的日子。

「今天長官要我們最少處理掉一半的狗，是要累死我們啊？」胖管理員嘆氣。

「反正人只要不是自己動手殺生，就可以裝作不關他的事。」瘦管理員說：「我們做這種殺生的工作，會不會有報應啊？」

「管他有沒有報應，這種工作總是要有人做啦。」

胖理員拉開收容所的鐵門，驚訝地說：

「奇怪，今天這些狗怎麼這麼乖？」

平常在處理的這一天，總是會有一些不想死的狗拚命掙扎，大聲號叫。

但是今天每個籠子裡的狗都乖乖的，還有的向他們搖尾巴，伸出舌頭討好。

「這樣好啊，省了不少力氣。」瘦管理員說。

兩個管理員看狗這麼乖，乾脆把鐵絲圈桿放在旁邊，直接用手套一次抓著兩隻狗脖子出來，提到隔壁的「處理室」裡。

小行、大腸、拉不多與生病的妹妹雖然還沒到十二天，但是為了一次清掉多一點的狗，也被抓到隔壁的處理室。

「這裡是……好可怕的地方！」

小行他們被抓進處理室，丟到一個大籠子裡，小行害怕地看著周圍。

處理室裡有一張大桌子，一排針頭很長的大針筒放在桌上，穿著藍色制服的處理員坐在椅子上，拿著針筒吸入黃色的藥劑。

處理室的角落裡堆放著觸目驚心的一堆黑色垃圾袋，有幾隻狗的腳從垃圾袋口露了出來，發出難聞的屍臭味。

想到可卡就是在這裡被注射毒藥死掉的，小行難過得熱淚盈眶。

「我們都是生命⋯不是垃圾啊⋯⋯」

生病的妹妹靠在小行身上，虛弱地說：「我們⋯⋯要死了嗎？」

小行還沒有回答，卻看到籠子裡的黑霸嚇得不停發抖，快要尿出來了。

「不要⋯⋯我不要死⋯⋯」

旁邊的大腸朝著黑霸踢了一腳：

「桃花源的狗都被你害慘了，你也是活該啦！」

「我不要死啊！」黑霸像是個小孩子般哭了起來，這時籠子被打開，一個鐵絲圈長桿伸進來。

「好，今天第一隻要安樂死的，就是你啦。」

處理員用鐵絲圈套住小行的脖子，把他抬出籠子，用力地壓倒在地板上。小行看到桌上明晃晃的針筒，害怕得四腳發抖起來。

「像你這種小狗比較好打針，針打到心臟一下就死了。有些大狗的針很難插到心臟，要痛半個小時才會死，這可不算什麼安樂死啊。」

處理員嘆了一口氣，伸出右手去拿針筒，卻發現桌上原來放針筒的地方，放著一頂魔術帽。

「這帽子是哪裡來的？」

處理員把魔術帽拿起來，卻沒看到針筒。他覺得很奇怪，習慣性地往椅子上一坐，卻抱著屁股跳了起來。

「靠！針筒怎麼會跑到椅子上，我被戳到了啦！解毒劑解毒劑……」

趁著處理員跑出門外去找解毒劑，從桌子下面爬出來的臭臭，把小行脖子上的鐵絲圈解開。

「還好有你的魔術……不然我就被安樂死了！」

小行臉色發青地說，臭臭喘著氣：

「咳咳……這場魔術才剛開始，來幫忙吧。」

臭臭和小行把籠子的門口打開，大腸和拉不多扶著妹妹跑了出來，其他的狗也趕緊逃出。

「你這老騙子，還不快點悔改！」

長老在走出籠子的時候，大聲地對臭臭說：「放棄那可惡的邪術，誠心相信神明，才能上到主人的天堂！」

「咳咳……比起死了上天堂，我寧願活著闖出地獄。」

臭臭不理長老，轉過頭對小行和其他的狗說：

「大家照昨天晚上的計畫去做，小心安全。」

「知道了！」

小行和其他狗離開以後，臭臭喘了幾口氣，走到黑霸面前，拍拍牠縮成一團的獒犬身軀。

「黑霸啊……你以前做了那麼多壞事，今天該做點好事了。」

「怎麼搞的，天窗自己關起來了？」

在管理場狗籠間抓狗的胖管理員與瘦管理員，迷惑地看著天花板的天窗逐漸關起，所有窗戶上的罩子也都降下，室內變得很昏暗。

「變得這麼黑，怎麼看得見啊？」

胖管理員摸索著走到門邊的總電源開關前，一按電燈開關。

轟隆——！

轟然爆炸聲中，天花板的幾盞大燈爆炸出白色煙霧，濃厚的煙霧漫天散開，籠罩住了整個黑暗的收容所。管理員的視線都被遮住，慌張叫著：

「哪裡爆炸了？怎麼回事？」

「就是現在，大家快逃！」

大腸站在高處的籠子上高喊：「今天是處理日，守在門外的管理員都到裡面來了，大家要趁這個機會逃走呀！」

小行坐在拉不多的肩膀上，用眼鏡把每個籠子的鎖扣給一一勾開，籠子裡的狗群衝了出來。

「汪汪汪！快逃啊！」

群狗照著臭臭之前晚上的吩咐，小心地從在昏暗煙霧裡摸索的管理員腳邊溜過，向著收容所的鐵門跑去。

已經被抓到處理室的狗，也都從門口跑了出來。

「成……功了……」

控制天窗開關的臭臭，氣喘吁吁地從牆邊的鐵架爬下來，摔到了地上。小行、大腸、妹妹和拉不多跑到臭臭身邊，趕緊把牠扶了起來。

他們前一天晚上在臭臭的指示下，對天花板的燈泡作了手腳。

「臭臭，你的魔術成功了！」大腸歡喜地叫著。

「這個煙霧魔術是怎麼變的啊？」小行問。

「咳……我以前的主人教過我，用黃磷加上一包石灰，包在打破的電燈泡上……反正是魔術就對了。」

臭臭的臉色蒼白，腳步都站不穩了。

「所有的籠子……都已經打開了嗎？」

「對，我們也快逃吧！」小行叫著。

胖管理員和瘦管理員在白霧中摸索著，走到收容所的大門前面。他們看到許多狗已經趁亂逃到鐵門外面，不由得破口大罵：

「不能再讓這些狗逃走，先把門給守住！」

他們拿著鐵絲圈長桿站在大門前，揮舞亂打，擋住還想逃出去的狗。許多狗兒眼看自由就在眼前，卻逃不出去，只能絕望地叫著。

「我來把門關起來！」胖管理員正要關門時，煙霧中一團黑色肉球發出可怕的吼叫聲，朝著他們衝了過來：

「誰敢不讓我逃走，誰就該死啊——！」

在向前衝鋒的黑霸後面，臭臭向著上百隻狗群高喊：

「趁現在……大家一起衝出去！」

「衝啊——！」群狗呼應著跟在黑霸後面衝鋒，兩個管理員見到獒犬和狗群衝來的威勢，慌了手腳，被牠們從中間衝出了大門。

「可惡，這些狗造反了！」

胖管理員氣得跳腳時，門外突然傳來黑霸的哀號聲：「噢嗚——！」只見門外兩個來支援的管理員手中拿著電擊棒，把黑霸電得摔倒地上，全身抽搐，許多狗又向門裡退了回來。

「小心，那是電擊棒！被打到會痛得不能動的！」小行叫著。

「這些該死的瘋狗，看我電死你們！」

胖管理員從同事手上接過電擊棒，電擊棒發出嗶剝的聲音，朝著狗群走過來。就在胖管理員即將揮出電擊棒時，突然一聲狼嚎響起：

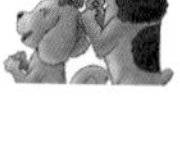

「噢噢噢嗚——！兄弟們，衝啊！」

獨眼大狼犬帶著十幾隻大狗，忽然從收容所前面的馬路上衝了過來，向著管理員他們撲了上去。

不及防備的胖管理員手上電擊棒被撞掉，和狗群纏鬥起來。場面陷入一片混亂，又有許多狗趁機逃了出去，小行、臭臭、大腸和背著妹妹的拉不多，跑到大狼的前面。

「大狼！你怎麼會來救我們？」小行驚喜叫著。

獨眼狼犬豪邁一笑：「我和夥伴在外面等待機會救你們好幾天了，臭臭有聯絡我，要我們幫他去找變魔術的石灰……臭臭？」

小行身旁的老土狗忽然雙腳一軟，摔倒在地上。

「臭臭，你怎麼了！」

「臭臭老爺爺！」

老土狗無力地倒在地上，舌頭伸出，痛苦地喘著氣。

小行抱著臭臭，忍不住哽咽：「臭臭的傷一直沒好，又這麼辛苦救狗……他的生命力就要沒有了！」

看到不只是臭臭，小行的呼吸也變得辛苦，大狼著急地說：

「那該怎麼辦……嗅嗚！」

大狼忽然發出一聲怒吼，摔倒在地上。原來胖管理員趁牠不注意時，從後面用電擊棒偷襲：

「嘿嘿嘿！你們這幾隻狗是帶頭造反的，絕對不能讓你們跑掉！」

「完蛋了！」

小行、大腸、拉不多與妹妹，絕望地看著胖管理員舉高電擊棒，就在電擊棒即將落下時，黑霸從後面衝過來，把胖管理員給撲倒了。

「我是黑霸老大，我要和你拼了！」

「滾開啦，瘋狗！」

胖管理員再用電擊棒來打黑霸，黑霸被電得全身顫抖，又倒了下去。

大狼撐著被電得劇痛抽搐的身軀，搖搖晃晃地站了起來。

「我……和黑霸來擋住他，你們快走！」

「可是……」

「快走！」

在大狼的催促下，小行和大腸扶著臭臭，拉不多背著妹妹，向大門走去。

就在他們快要逃到大門時，拿著電擊棒和鐵絲圈長桿的兩個管理員已經把門口堵住，凶狠地對狗群喊著：

「你們這些瘋狗，一隻都別想再跑！」

眼看大門被堵住了，小行他們絕望地靠在一起，大腸忽然哈哈笑了一聲，大叫：「妹妹！」

「什……麼事？」拉不多背上生病的妹妹，小聲地回答。

「誰是小狗隊的隊長？」

「是我……」妹妹說。

「不對，是我！」

「好啦……是你……」

大腸用短短的腳拍了拍胸口，大聲說：「大腸隊長下令，小狗隊的最後一個任務，就是掩護小行和臭臭離開這裡！」

「你說什麼？」小行叫了出來。

「說的……沒錯。」拉不多說。

「不要，我們要逃就一起逃！」

小行紅著眼眶叫著，妹妹抬起頭，勉強振作精神說：

「小行你是人類……有爸爸媽媽在家裡等你。反正我們沒有家，死了也沒有人會為我們難過……快，帶著臭臭逃走吧。」

「我會為你們難過！你們死了，我會哭的！」

淚水盈滿小行的眼睛，大腸笑了幾聲，眼珠子也紅了：「哈哈哈……

我討厭人類，但你是我最好的朋友。小狗隊，準備好了嗎？」

「好了！」

拉不多和妹妹齊聲回應。

「放心，我們不會死的，我還要去和主人噲聲，沒有妳，我也過的很好！」

大腸、妹妹和拉不多最後再看了一眼小行以後，一起朝著大門衝了過去。

「小狗隊！衝啊——！」

小狗隊勇敢地衝上去，和管理員咬打成一團。小行也想跑過去幫忙，卻被他扶著的臭臭給拉住。

「不要拉我！我要去救他們！」

「不要……辜負他們的心意……」

臭臭喘息著拉著小行，從打鬧的管理員的身邊鑽了過去，走出了收容所的大門。

「不要！我不要逃！」

「你這個笨蛋！」

臭臭突然怒吼一聲，把小行嚇得呆住了。

「你現在是一條狗，還能做什麼？只要你快點回到自己的身體，就可以來救他們了！」

「對……對呀！我怎麼沒有想到！」

小行的精神為之一振。

「你還記得……你的身體在哪個醫院嗎？」臭臭問。

「爸爸說是和平醫院，就在我上學的路上！」

小行扶著臭臭走離流浪動物收容所，走向大馬路。

「臭臭，你的腳還能走嗎？」

「咳咳……不要想這些……快走吧……」

20. 最後的魔術秀

為了趕著能夠回去救其他狗，小行扶著臭臭焦急地走著，走上了通往台北的大橋。

中午的天空隱隱地響起了悶雷，好像就要下雨。橋邊的行人走得很快，就怕會被大雨淋溼。

臭臭走得一瘸一拐的，好像隨時都要倒下去似的，小行蹲下來仔細一看，驚叫了出來：

「臭臭，你流血了！」

臭臭的左後腳掌上有個不小的創口，走過的路上都是血腳印。

「咳咳……剛才被那管理員的鐵絲圈劃到……沒事的……」

「不行！你坐下來！」

小行左右看了看，從路邊撿了條破布，幫臭臭包紮起來。

「為什麼你要這麼勉強自己？都已經傷成這樣了，還為了我們硬撐……」

臭臭疲憊的狗臉露出一絲微笑，摸了摸小黃狗的頭：

「我一直不明白……為什麼魔術師主人不讓我跟著他去……還給我魔術的力量……」

「現在我才知道，一切是為了這一趟旅程。看到你的成長……老頭子……很高興……」

看到染滿血的破布，小行忍不住哭了出來：

「臭臭……嗚……嗚啊！」

「別哭了，愛哭鬼。」

「要你管！」小行邊哭邊叫：

「你在這裡休息，醫院我自己去就好了！」

「你有辦法……獨自一隻狗……進到醫院裡去嗎？」

「我……」

「要救的人與狗都很多……旅程還沒結束……」

臭臭昏昏沉沉地又向前走，小行只好趕上去扶住牠。

幾聲雷鳴，天上降下了豆大的雨點，把小行和臭臭全身都淋溼了。

小行扶著臭臭，覺得牠的身體越來越輕，彷彿快要沒有重量一般。

「臭臭？臭臭？」

又走了一段路以後，臭臭的眼睛閉了起來，被小行一叫才張開。

「小行？你在哪裡…」

「我在這裡，你的眼睛……」

「我看不見……」

「沒關係，我來背你！」

小行含著淚水，把臭臭背在背上向前走。

臭臭掙扎了兩下，就這麼給他背著了。

路邊的行人看到一隻小黃狗背著老土狗，在大雨中冒雨前進，都不禁多看兩眼。

小行的眼鏡被雨打溼了，好幾次都差點被轉彎的汽車撞到，跌倒了就再站起來。他咬著牙，努力背著臭臭前進。

從中午一直走到傍晚，在雨中閃爍燈光的和平醫院大樓，終於進入小行的視線。

天色漸漸變暗，雨勢也慢慢變小了。小行背著臭臭走到和平醫院大門前，中華路的街上。他找了個商店的騎樓小心地把老土狗放下，喘著氣說：

「臭臭，我們到醫院了。」

「臭臭？臭臭？」

小行叫了好幾聲，臭臭才緩緩睜開眼睛。

「你還好嗎？」

「睡了一下……好多了……」

老土狗用模糊不清的視線，看著有十幾層樓高的和平醫院大樓。

「我們該怎麼進去呢？醫院門口有警衛，裡面還有護士啊。」小行問。

「跟了我這麼久……你還不知道？」

臭臭扶著小行的手，搖搖晃晃地站了起來。

「做到……不可能的事……就是魔術……」魔術帽不知何時，又出現在臭臭的手上。

「走吧……表演開始了。」

和平醫院的掛號大廳裡椅子上坐滿了人，來看病的病人很多。詢問處櫃台後面有個正在使用電腦的年輕護士，忽然抬起頭來看著大廳。

「妳怎麼啦？」坐在旁邊的護士問。

護士往大廳看了一下，搖著頭說。

「沒什麼，應該是我看錯了。」

就在護士低下頭來的時候，大廳牆邊有兩個黑色垃圾袋忽然伸出狗腳，向前移動。原來小行和臭臭把路旁黑色垃圾袋的底部弄破，躲在裡面，偷偷地走進醫院。

「虧你剛剛說得那麼臭屁，結果是這麼遜的魔術啊？」小行輕聲抱怨著。

「咳……魔術就是障眼法……停！」

臭臭帶著小行在詢問處的櫃台前停了下來。

「你去看看……你的病房在哪裡？」

詢問處的護士還在使用電腦，忽然眼前一花，有一隻白色兔子跳到她的鍵盤上面。

「怎……怎麼會有兔子？」

「真的耶，好可愛哦！」旁邊的護士叫著。

兔子抖抖小尾巴，朝她們作了可愛的表情，往旁邊跳走了。

「小兔子，別跑嘛！」

「這裡是醫院，要把牠抓起來才行。」

兩位護士離開位子去追兔子，小行趁機爬到護士的椅子上，點著電腦上的醫院資訊查詢。

「病房名單……有了……我在B區的四〇三病房！」

「那要……怎麼走？」臭臭問。

「我也不知道……」

就在這時，有一位穿著清潔員制服的胖婦人推著推車經過，推車放著裝著餐盤的鐵櫃。小行他們趕緊躲在櫃台下面。

兩位護士沒抓到兔子，回來遇到清潔員婦人。

「張媽，妳要去哪裡收餐盤？」護士問。

「B區的四樓啦！」

「妳的聲音都比較大，不要吵到在睡覺的病人了。」

「好啦好啦。」張媽的聲音還是很大。

小行和臭臭對望一眼，偷偷溜到張媽的推車旁邊，鑽進放餐盤鐵櫃的下層。虛弱的臭臭爬得有氣無力，尾巴還露在鐵櫃外面。

「咦？怎麼有一隻狗尾巴？」張媽把鐵櫃下層拉門拉開，卻沒看到東西，搖了搖頭推著推車走了。

鐵櫃的上層拉門裡，小行問臭臭：

「臭臭，你的魔術到底是怎麼變的啊？」

「祕……密。」

「哎喲，什麼時候才告訴我啊！」

張媽推著推車進入電梯，到了B區四樓的病房，她把推車停在電梯旁，就去各病房收餐盤了。

小行探頭看到四下無人，悄悄地從鐵櫃溜出來。

小黃狗慢慢地推著推車，一有人經過就馬上躲在推車下面，就這樣子沿著病房走道前進。

「四〇一……四〇二……四〇三，我們到了！」

「你……看看裡面有沒有人在……」臭臭在車上探出頭來說。

小行從推車後面往四〇三號病房裡看去，這是一個雙人病房，他的爸爸、媽媽都在，還有醫生和護士都圍在床邊。

「有爸爸和媽媽，還有醫生和兩個護士。」小行說。

「糟糕……人太多了……」臭臭喘著氣：

「他們不會讓你……碰到你的身體……」

「那該怎麼辦呢？」

突然推車被猛地拉開，小行和臭臭的身形暴露，被張媽給抓住了狗尾巴，提了起來。

「好啊！這兩隻野狗，竟然溜到醫院裡來了！」

「放開我們！」小行努力掙扎著，聲音傳到病房裡面，一名護士走出來察看。

「好髒的野狗，有很多細菌耶！快把牠們帶出去！」

「我去交給警衛，他們會叫捕狗隊來。」張媽說。

「爸爸！媽媽！我是小行啊！」小黃狗拚命地掙扎，對著病房裡面大吼。爸爸媽媽聽到有狗叫得這麼凶，終於和醫生走出來察看。

「這不是臭臭嗎？牠怎麼會在這裡？」

媽媽驚呼一聲，跑到張媽面前：

「這是我們家養的狗，已經不見十幾天了。」

「管牠是誰家的狗，就是不能到醫院來。」張媽說。

「是是，請妳先把牠們放下來。」

張媽不太情願地把小行和臭臭放下來，臭臭無力地倒在地上。

「臭臭你……怎麼傷得這麼嚴重？」媽媽看著老土狗身上的傷口。

「我要快點帶你去看獸醫！」

「太好了，臭臭你可以去看醫生了！」小行高興地叫著。

「不需……要了……」

看不見的臭臭招了招手，要小行把自己給扶起來。

「……這次旅行……我很快樂……」

「臭臭……不要！」

小行明白了臭臭的意思，眼眶頓時紅了。

臭臭拿出魔術帽，露出虛弱的微笑：

「如果……你了解狗的命運……以後要……幫助我們……」

「嗚……嗚啊！」

「愛哭鬼……」

「要你管！」

「哈哈……」

臭臭把手伸進魔術帽裡面，挺起胸膛站直了，眼睛又顯現神采。

「這就是偉大的狗魔術師……最後的表演！」

臭臭手一揮，小喇叭演奏的樂聲響起，彩帶從魔術帽中噴出，雪白鴿子與長耳兔子從裡面跳了出來，醫院的走道變得如馬戲團的秀場一般熱鬧。

醫生、護士、張媽、爸爸和媽媽都看得目瞪口呆，連其他病房裡的護士與病人都走出來觀賞。

「這是在做什麼？」爸爸問。

「魔術……是臭臭在變魔術！」媽媽感動地說。

全身是傷的老土狗揮手指揮白鴿和兔子，表演出許多逗趣的橋段，兔子一下在牠頭上出現，一下又騎著鴿子從牠的腳下飛出來，看的大家都笑了。

眾人大聲歡笑，小行的淚水卻止不住地落下。臭臭向小行眨了眨眼，小行含著淚水，趁大家在看魔術的時候，偷偷走到病房裡去。

「你睡得……可真輕鬆……」

小行看到自己的身體躺在病床上，嘴裡與鼻子插著幾根管子，睡得很熟。小黃狗跳到椅子上，看著男孩消瘦的臉頰，喃喃說道：

「天神或是上帝啊……臭臭還有很多朋友等著我去救他們，求求您，讓我成功吧！」

小行一咬牙，朝著自己的身體跳去，一道白光包圍住小行和他的身體。

病房外的臭臭忽然停住了表演，轉頭朝病房裡看去。眾人也跟著牠看去，只見病房裡射出耀眼白光。

「那道光是怎麼回事？」爸爸喊著。

「小行！你怎麼了！」媽媽叫著跑了進去。

看到眾人都往病房裡跑了進去，臭臭緩慢地把魔術帽戴上，向著病房微笑一鞠躬。

「……謝謝……欣賞……」

臭臭的身子緩緩傾斜，軟倒在地上。

21. 魔術帽

破曉的晨光從窗戶照進雙人病房，躺在病床上的小行慢慢睜開眼睛。他揉了揉發紅的雙眼，看見自己的手是人類的手，呆了一下。

「我……回到身體裡了？」

小行看向旁邊，只見爸爸媽媽手牽著手，坐在旁邊的椅子上靠牆睡著。

「爸爸……媽媽！」

媽媽聽到小行的聲音，醒了過來：「小行？小行你醒了！」

「什麼，小行醒了！」

媽媽把爸爸叫醒，兩人緊緊抱住小行，高興得眼淚直流。病房的護士趕緊跑出去叫醫生過來。

「你終於醒了……我們好擔心你！」媽媽哭著說，小行也哭了。

「爸爸、媽媽，我好想你們……」

「你被車子撞了一直沒醒過來，我們好傷心，也好後悔平常沒有多陪陪你。」爸爸擦著眼淚說。

「以後我們……再也不會放你一個人了。」媽媽說。

三個人又相擁了一會，小行突然驚覺。

「臭臭呢！臭臭怎麼了？」

「臭臭？」爸爸疑惑地問。

「你怎麼會提到臭臭？」

「臭臭牠應該有到醫院來，牠在哪裡？」

爸爸媽媽對看了一眼，媽媽露出難過的表情。

「臭臭牠……昨天晚上……」

「牠怎麼了？」

媽媽沒有回答，只是看向床邊的矮櫃。矮櫃上放著一頂黑色的魔術帽，看到了那頂帽子，小行的眼眶紅了。

「把帽子……給我……」

爸爸把帽子遞給小行，小男孩呆呆地看著魔術帽，眼淚一滴滴落在上面。

「臭……臭臭……」

小行緊緊抱住魔術帽，痛哭失聲。

22. 向未來出發

秋日天空的藍天白雲間，溫暖的陽光和煦照耀，許多帶著狗來散步的市民，漫步在河濱的綠意公園裡。

小行和爸爸媽媽，帶著大腸、妹妹與拉不多，也到了河濱公園來散步。妹妹牠們身上有許多傷痕，但是都被細心地包紮好了。

小行的頭上戴著臭臭的魔術帽，看起來像個小魔術師。

「妹妹，別跑那麼快！哎呀，大腸不可以去翻垃圾筒！」跟在後面照顧狗的爸爸，忙得手忙腳亂。

「看來你爸爸還要習慣和牠們相處呢。」媽媽笑著說。

「牠們都是很好的狗，爸爸一定很快就會習慣的。」小行說。

「你們也來幫忙一下嘛！拉不多，不能跳到河裡游泳啊！」到了河濱的草地上，爸爸和媽媽去散步，小行和狗兒們說著悄悄話。

「唉喲，你們多和我爸爸配合點嘛！」小行說。

「知……知道。」從河裡爬起來的拉不多傻呼呼地笑著。

「不是我要說，你爸爸真是有點囉嗦耶。」大腸說。

「我們住在人家家裡，你要乖一點啦。」妹妹手插著腰說。

「好啦，誰叫他們是我們的救命恩人呢？」大腸說。

「還好來得及救你們，不然我可會傷心一輩子的。」小行心有餘悸地說。

原來小行恢復身體以後，告訴爸爸媽媽他這些天發生的故事，要爸爸媽媽帶他到流浪動物收容所去。

他們到那裡的時候，發現原來被關在裡面的狗已經幾乎都跑掉了，可是大腸、妹妹和拉不多都被抓了回去。

爸爸媽媽發現小行說的故事是真的，就同意認養妹妹牠們，並帶妹妹給獸醫治療，才把牠的病情及時控制住。

「臭臭的大魔術救出那麼多的狗，真是了不起。」大腸說。

「我會努力的，以後我一定會救出更多的狗！」小行說。

「你一定可以的，因為你是唯一能和狗說話的人啊！」大腸笑著說。

「對呀，真的很神奇。」

小行摸了摸頭上的魔術帽。他發現戴上臭臭的帽子，就能用狗的視野來看世界，也可以和牠們說話。

「也許這是臭臭特別留下來，要給你的禮物哦！」妹妹說。

聽到妹妹的話，小行的眼眶又紅了。

突然一聲熟悉的狼犬長嚎聲，從河濱旁邊的樹林裡傳來。

「那個聲音，難道是……」小行他們跑到樹林邊一看，果然獨眼的大狼在裡面，還有幾隻桃花源的狗。

「大狼！原來你沒事，太好了！」小行驚喜叫著。

「謝謝你救了大腸他們。」大狼點了點頭。

「我們是來看你們，並且與你們告別的。」

當時大狼從混亂的收容所逃出去以後，就帶領其他逃出去的狗群逃離市區，躲到不會被人類發現的野外。

「我們要再去救其他桃花源的兄弟，然後去人類比較少的深山森林裡，建立新的桃花源。」大狼豪邁地說。

「大狼，我還能幫你做什麼？」小行問。

「你是人，我是狗。我只能一隻一隻地救，你可以與其他喜歡狗的人一起努力，讓社會對待狗更有溫情，流浪狗的地獄不再出現。」

「嗯！我答應你！」小行用力點頭。

「再見了，小狗隊。」大狼摸著妹妹、大腸和拉不多的頭。

「你們跟著小行，一定會很幸福的。」

「大狼，你們一定要保重！」大腸和妹妹都哭了。

大狼豪爽地笑了笑，嚎叫一聲，帶著同伴邁步跑走了。

「大狼走了……」大腸喃喃地說。

「他不會變成人類的寵物，也許這樣對他來說，才是最好的。」

小行握住拳頭：

「以後我也要加油囉！」

「嗯！加油！」小狗隊開心地叫著。

小行把魔術帽拿在手上，學著臭臭的動作想要變魔術，卻怎麼都變不出來。

「真是的，臭臭他到底是怎麼變的？」

（那是……祕密哦！）

「臭臭？」

小行好像聽到臭臭的聲音，回頭仰望天空。

蔚藍的晴空與白雲是那樣美麗，就好像是……真正的天堂。小行抬著頭，把帽子蓋在臉上。

「小行，我們該走囉！」媽媽的呼喚聲傳來。

小行默默地把魔術帽戴回頭上，笑著對妹妹、大腸與拉不多高喊：

「我們回家吧！」

最後的悲歌（後記）

在我五歲的那一年，因為父親工作的關係，我們家搬到了新竹縣新豐鄉的山上，養了我的第一隻狗——小白。

小白是一隻溫馴的母狗，童年的我整天光著腳丫和牠跑來跑去，在荒野山林裡四處冒險，把山壁的洞穴當成祕密基地，還一起睡在狗屋裡面。

後來我們搬回板橋，小白交給我阿嬤家照顧。有一天我聽說小白在帶出去時不見了，那時的我只覺得難過，長大一點以後我才明白，牠應該是被丟棄了。

之後我家又養了幾次狗，有一次小狗露露走失，我到流浪動物收容所去找的時候，看到幾百隻生病貓犬擠在鐵皮屋裡的地獄般環境。後來我作了一些研究，才明白台灣被主人丟棄的狗貓寵物，最後下場會是如何的淒慘。

為了紀念小白，也為了替台灣的流浪狗貓發聲，我寫了《裸足的天堂》這部動畫電影劇本，很榮幸獲得九十七年文化局優良電影劇本佳作劇本獎，可惜一直沒有機會被拍成電影。

感謝九歌出版社的熱心，讓《裸足的天堂》以少年小說的形式出版，《魔術狗臭臭》的故事終於有機會與讀者見面了。

故事裡的臭臭的個性來自我的阿公，他是一位頑固木訥，不擅於講話和表達，但是非常努力照顧家人的可敬老人。

妹妹是陪伴我們家最久的一隻可愛西施犬，牠的眼睛很大，也是我們最疼愛的家人。大腸則像是我現在養的小西施犬弟弟。

小行就像是許多孩子，在頑皮搗蛋的行為下，藏著一顆善良的心。在這段神奇的旅程結束時，他瞭解到狗對人類的愛有多深，才終於學習到真正的愛與關懷。

感謝「十二夜」紀錄片製作小組的推廣，各界愛護動物人士多年的努力，台灣在二〇一五年通過「動物保護法部分條文修正案」，透過「零安樂死」的政策，未來即使收容所的動物在公告十二日後仍無人認養，也不會被撲殺。

但是法令只是外在的約束，要讓流浪動物都能得到保護還需要更多的努力。如果每個人都有「尊重生命、愛惜動物」、「以認養代替購買」、「以結紮代替撲殺」、「不棄養」的觀念與行動，動物保護才能真正落實在台灣的每個地方。

感謝媽媽、老婆和哥哥在我寫作時的幫助、九歌鍾欣純編輯一直以來的熱心協助，以及畫家吳嘉鴻的精緻童趣插圖，讓本書能以最完善的面貌與讀者見面。

狗為我的家庭帶來了許多溫暖和歡樂，牠們把主人當成家人，無條件地愛著我們。從出生到生命的最後一刻，都是我們最好的朋友。

最後謹將本書獻給小白，以及台灣曾經失去主人的流浪動物。但願大家能一起努力，讓本書為牠們所記錄的，將是不會再發生的悲歌。

蕭逸清 於二〇一五年五月

九歌少兒書房 235

魔術狗臭臭

著者　蕭逸清
繪者　吳嘉鴻
責任編輯　鍾欣純
創辦人　蔡文甫
發行人　蔡澤玉
出版發行　九歌出版社有限公司
臺北市八德路3段12巷57弄40號
電話／25776564・傳真／25789205
郵政劃撥／0112295-1
九歌文學網　www.chiuko.com.tw
印刷　晨捷印製股份有限公司
法律顧問　龍躍天律師・蕭雄淋律師・董安丹律師
初版　2015（民國104）年7月
定價　**260元**

書號　0170230
ISBN　978-986-450-003-1
（缺頁、破損或裝訂錯誤，請寄回本公司更換）

國家圖書館出版品預行編目(CIP)資料

臭臭的魔法 / 蕭逸清著 ; 吳嘉鴻圖. --
初版. -- 臺北市 : 九歌, 民104.07
面 ;　公分. -- (九歌少兒書房 ; 235)
ISBN 978-986-450-003-1(平裝)

859.6　　104008572

論重複

Repetition
Søren Aabye Kierkegaard

齊克果 著　劉森堯 譯

目錄

導讀
齊克果和「論重複」

劉森堯

丹麥存在主義哲學家齊克果在日記裡說道：「人生是一場重複，上帝在創造世界和人類時，順便為他們創造了重複。」德國小說家湯瑪斯・曼在長篇小說《魔山》中這樣說道：「時間只帶來一個現象，就是變遷。」重複和變遷。

其實，齊克果在西方哲學上並不是第一個提出重複之哲學概念的哲學家，早在他之前的德國哲學家萊布尼茲，即已在著作中談過這個概念，甚至更早，在古希臘時代，希臘人已經在探討這個問題了，比如說，古希臘哲學的前蘇格拉底時代，有一個叫做伊利亞的哲學流派（Eleatics），他們主張「宇宙不動」的哲學概念，他們的掌門人巴門尼德強調說：「沒有事物是變化的。」可到了後蘇格拉底時代的犬儒學派（Cynics），其創始者迪奧根尼（Diogenes）不贊同此一概念，但他什麼都不說，只是在一個房間裡持續來回走來走去，藉此表達他的反對態度。這似乎是西方哲學上，第一個表達重複概念的哲學家，對人生的隱喻是，人生變動不拘，反覆無常，除了「重複」，其他什麼都不是，人世間的一切都是隨著時間的流逝在變遷，一切在時間變遷的漩渦中載浮載沉，最後化為烏有，然後一切重新開始。這不是尼采的「永劫回歸」概念嗎？正是，他是繼齊克果之後，最擁護「重複」概念的一個人。

重複是動態的，是穩定可靠的，很多人從一出生來到這個世上，即過著一成不變的重複生活，但他並不知道，他必須等到大半生的時光都過了，才體認到原來他的一生是一場重複，重複助他走過一生的驚濤駭浪。年輕人喜歡求新求變，他們無法理解重複的意義，最後在重複面前退出，他要追求每天都是閃閃發亮的日子，以為每天都在談戀愛，最後不得不敗，像契訶夫的戲劇《海鷗》裡和錫蘭電影《野梨樹》裡的年輕人，至終只能向現實低頭，全然退出人生舞台的道路，他們自殺了。

宇宙的天體運行不停反覆，節氣的更迭永遠不會走閃，你不必像《格列佛遊記》

裡的人一樣，杞人憂天，每天擔心太陽的光芒會熄滅。人生從無到有，從一個點走到另一個點，然後走入虛無，難道不正是重複的最佳寫照嗎？一個人從人生競技場退下來，退到一個世界的角落，更能感受到人生是一場重複的事實，然後變得更加珍惜未來的歲月，如同土耳其電影導演錫蘭在《五月的雲》一片中，透過一位老農夫所說：但盼阿拉允許，讓我再活二十年，我會好好珍惜。重複並不是壞事，重複是一種必然，我們在面對生活的重複時，因而能夠更覺坦然釋懷，在基督教神學家口中說來，這毋寧是上帝的意旨，其實不是，這是大自然的循環現象，能夠坦然面對重複的人，就是服膺自然生活的人，他會是爽朗快樂的。

齊克果提到有一次去柏林旅遊的經驗，他希望在舊地重遊當中去尋找曾經有過的美好心靈經驗，結果他失敗了，因為他忽略了「變遷」的事實。他年輕時去過一次柏林，印象非常良好，這次十年後再去，希望能夠重溫舊夢：坐一樣的驛馬車，住相同的旅館，睡面對廣場的相同房間，去坐一樣的咖啡館和吃一樣的餐館，坐相同桌子和座位，點一樣的菜，最好還是相同的老闆和服務生，他同時還想去同一間劇場看同樣的鬧劇。你以為你是叔本華是嗎？叔本華和齊克果是同時代人（十九世紀前半葉），叔本華人生中的最後二十五年都在法蘭克福度過，從未踏出城市一步，二十五年如一日，住在同一幢公寓，每天三餐吃公寓旁同一家餐館，坐同一張桌子，點一樣的菜。他的扛鼎鉅作《意志與表象的世界》準備出第三版，出版社請他增補修飾，他說：「真絕，我要增補修飾什麼？我三十歲寫這本書，如今七十歲再重看這本書，全書竟然找不到可增補和修飾的地方，全世界最偉大真理全都寫在這裡面，增一字少一字都不行，我實在也是沒辦法呀！」

結果齊克果這次柏林之行，令他大失所望，旅館是同一家沒錯，但房間卻不一樣，咖啡館和餐廳沒變，服務生和客人卻變了，菜色口味也變了，這是怎麼了？他去以前常去的「國王的子民戲院」看戲，觀眾吵死了，毫無水準可言，他同時也訂不到他以前慣常坐的席位，台上演出的鬧劇也一點都不好笑，他失望極了。十年之間，他不知道他正經歷了「變遷」，他要找什麼呢？他找不到他想要的「重複」，他只看到「變遷」。

二〇一八年九月，我和齊克果基於相同理由，在歐洲之行中，想尋找出「重複」的美好經驗。有一天我來到法國中部靠大西洋小城波特爾（Poitiers），二十多年前我曾在這裡的大學進修待了五年半，度過人生中難得的一段快樂時光，留下非常深刻印象，如今舊地重遊，我想試探「重複」的可能性，重拾快樂時光，結果我失敗了，我和齊克果一樣，忽略了「時間過程中」（Im Lauf der Zeit）的變遷事實。

我在夜裡十一點抵達那裡，「如果在秋夜，一個旅人」，我立刻拖著行李前往市府廣場旁一家叫做「中央旅館」的小客棧，結果櫃台宣告客滿，不得其門而入。二十幾年前，我第一次來到這小城時，尚未找到長期住宿地方，就在這小旅館暫住了一個多星期，印象非常良好，今天卻住不成，追求「重複」之快樂的第一道關卡首先就失敗了，後來住到附近的另一家旅館，感覺早已面目全非。以前常光顧的「大學書店」已歇業多時，改成販賣電子產品的商店，以前熟悉的書店旁邊的一家咖啡館也不見了，更令人傷感的是，以前常去的一家二手書店，我走進去時只看見老闆娘一個人坐在那裡，她說：老闆已經掛了好幾年啦，你已經二十幾年沒來了。是的，二十幾年，我突然警醒，時間和變遷！我的「重複」被瓦解了！唉！這麼多年過去了！除了變遷，還有什麼？

事實上，我和齊克果都犯了一個錯誤，我們把「重複」和「記憶」攪混在一起，

「重複」並不是「記憶」，更不是「舊夢重溫」，對一個多情念舊的人，舊地重遊時常會陷入「舊夢重溫」的泥淖而無法自拔，結果是大失所望。我從而想到，「重複」正是古希臘人心目中所謂的「記憶」，他們把知識的累積視為記憶運作的現象，這也許是對的，但記憶是死的，是一種逝去事件的累積現象，乍看和重複很相像，其實不然。我們常說：記憶大多是不愉快的，但願那些事情從未發生過。安東尼奧尼的電影《過客》，片中男主角傑克．尼克遜說，人要是沒記憶多好！亞倫．雷奈的電影《廣島之戀》裡的女主角陷入過去的坎坷記憶而無法正視人生，普希金說，他過去的記憶簡直不堪回首。「重複」是活的，是不斷往前的，要是能避開許多新鮮無謂的事物或是垃圾訊息的干擾，基本上而言，「重複」是愉快的，但絕對不是窩在一角完全不動的現象，只有記憶才會這樣。

齊克果在《論重複》一書中談到重複的力量，他說有一次他去聽一位哥本哈根大學的著名教授演講，其中有一個論點很模糊曖昧，不能為大家所接受，這位教授就敲敲桌子說道：「好，我再重複一遍！」緊接下來他把這個論點又重複了好幾遍，最後大家終於完全了解，並報以熱烈掌聲。

我回想讀高中時，每次演算數學習題，常常陷入混亂和膠著狀況，我的數學老師就告訴我：「不要焦躁莽撞，先讓腦筋冷靜下來，然後再重複幾次看看！」我試著這樣做，反覆演算，果真所有問題慢慢明朗開來，一切癥結迎刃而解，我真正體會到「重複」的力量。另外讀英文課文時，經常碰到文法複雜的困難句子，情況也是一樣，靠冷靜思維和不厭其煩的「重複」功夫，解決了所有問題。

英美著名當代詩人T．S．艾略特有一次在演講中說道：「我每隔兩年一定要重讀一遍《福爾摩斯全集》，為什麼？我很喜歡作者柯南．道爾爵士的英文文體，即使我常覺他的偵探故事裝神弄鬼，但每次一讀到他的英文，總是不斷萌生閱讀的快感。」這顯然是個很懂讀書之精髓的閱讀名家，他經常重讀的書單還包括古希臘悲劇和古羅馬時代西塞羅的文集，這些古典作品大多寓意深刻，而且寫作風格充滿文采。每次重讀這些作品，他說，總是帶來很大的安慰，他精通古希臘文和拉丁文。

我從而想到自己的經驗，重讀古典作品的心得和樂趣。大學時代開始學習閱讀英文本的西方文學作品，《白鯨記》看得我咬牙切齒，為什麼要花費那麼多筆墨描寫鯨魚家族？描寫鯨魚的老年，樂趣在哪裡？還有那個食人族奎奎格？易時易地，前陣子再重讀這本小說，感覺竟然完全不同，發現全書寫得最精彩部分竟然是寫鯨魚家族的記事，還有主角在旅館中邂逅野人奎奎格的驚嚇經過。一群鯨魚遇到人類圍捕時，大家奮力游水奔逃，年輕鯨魚一馬當先，還不時回頭張望跑不動的祖父，露出微微一笑。年老鯨魚氣喘如牛，努力逃命，實在游不動，最後只得被抓去做燈油。這是這本書我重複閱讀最多的部分，因為這是全書寫得最精彩的地方，直到今天，我常重讀這本書，感覺獲益良多。還有《罪與罰》和《卡拉馬助夫兄弟們》，一開始時讀得眼冒金星，不知道作者在扯些什麼，曾幾何時這兩本書竟成了我的床頭書，不時翻閱重讀，而感受到極大的安慰。我們不要害怕重複，特別是讀書。重複和不厭其煩。

當代土耳其電影導演錫蘭的電影就是有關人生「重複」概念的最佳詮釋者，他最欣賞的作家是十九世紀末俄羅斯以短篇小說和戲劇聞名於世的契訶夫，他把《五月的雲》一片獻給他，事實上契訶夫也是「重複」概念的擁護者，他們不時流露對過去記憶的厭惡，正如普希金那「不堪回首」的咒罵，卻頗能領略此時此刻握在手上的「重複」生活。在契訶夫筆下，從來沒有一個角色曾經好好生活過，他們最終都淪為生活的挫敗者，然而，誰又是生活的成功者？只有挫敗的人生才讓他們珍惜眼下的重複的生活。錫蘭談到他在《安那托利亞往事》一片中的法醫，法醫瀕臨退休時刻，他對檢察官說他過去三十年來，每天「重複」和「不厭其煩」解剖死人屍體，這種事情總要有人做，如今要退休了，卻感到眷戀，他願意再幹二十年。檢察官說：你以為我摸過的屍體會比你少嗎？我每天要處理多少狗屁倒灶的事情，好，我願意和你一樣，再重複幹二十年。人只有走到人生一個關鍵的地步，才能深刻體會到，原來人的生活是一場重複，什麼榮華富貴和光輝燦爛，都是一場虛幻，但願阿拉再賜我二十年的生命，我願意每天都過一樣的重複生活，這才是真正的人生！

重複

古希臘前蘇格拉底時代的哲學流派，伊利亞學派（Eleatics），他們主張「不動」的哲學觀念，到了犬儒學派的第歐根尼（Diogenes），他對此一哲學觀念持反對態度，但他什麼都不說，只是在一個房間裡持續不斷來回走來走去，藉此來表達他的反對態度。我有一陣子很忙，老是做些相同的事情，我突然想到，這樣不停地重複，到底代表著什麼意思。我進一步想到，我想再走一趟柏林，我以前去過那裡一次，我如果照以前的方式再走一遍，看看會產生什麼新的意義出來，想一想這樣的重複行為在現代哲學上會代表什麼樣的意義。那陣子，我在家裡什麼都不做，整個腦筋都圍繞在這個問題上面打轉。我首先想到「重複」正是古代希臘人所謂的「記憶」，他們認為所有的知識乃是一種記憶的現象，而現代哲學更進一步教導我們，人生乃是一種重複，在現代哲學家當中唯一一個真正探索過這一問題的是德國哲學家萊布尼茲（Gottfried Leibniz，一六四六—一七一六）。重複和記憶有著相同的動作，只是方向相反而已，記憶是一種已經形成的東西，是一種不斷往回累積的重複，而真正的重複則是往前的記憶。重複處於動態，總是令人感到快樂；記憶則否，記憶大多令人感到不快樂。因此一個人總是不顧一切想要不斷往前生活，不願意停留在過去而徘徊不前。

有一位作家這樣說過，只有記憶裡的愛才是真正快樂的愛，這種說法值得商榷，因為記憶裡的愛一定包括了最不愉快的愛，只有重複的愛才是真正愉快的愛，它起先也許和記憶的愛一樣，不為希望和錯覺所干擾，也不含有記憶之愛的憂傷成分，卻擁有記憶之愛所沒有的當下的至福感覺。希望就像一件新衣，漿得既筆挺又鮮豔，看起來很奢華，沒有試穿過，可你不知道合不合身。記憶像一件被丟棄的衣服，儘管多麼新鮮亮麗，就是不合身，只得扔了。重複則像一件永遠穿不壞的衣服，穿起來總是那麼合身那麼舒適，不但穿不壞，還不會變樣過了時。希望像個漂亮女孩，卻老是讓人抓不住，記憶則像個不合時宜的美麗老女人，重複像個可愛的妻子，永遠不會令人厭煩，只有新的東西才會令人煩膩。我們對老的東西永遠不會感到厭煩，我們在面對老的東西時總是感到快樂，因為老的東西永遠離不開重複，一個人只有在面對重複的東西，不欺騙自己說他所面對的是新東西，他所感受到的快樂才是真正的快樂。我們需要年輕去希望和去記憶，但是如果想要重複，我們需要勇氣，一個只要希望的人最後會喪失膽識，一個只要記憶的人則最後必失落於乏味的生活深淵，但一個勇於接受重複的人，他必然是一個真正的個人，一個真正懂得生活的人，如果他能夠更進一步深入理解他這樣做的意義，他必然更加深入成為一個真正活著的個人。一個不能理解「生命就是重複」的人，他當然不能理解這種生命的重複之美，最後就只能莫名其妙面對死亡。希望乍看是很有魅力的東西，事實不然，希望從未滿足我們的人生，記憶充滿哀傷，更是從未滿足過我們，但重複像是我們每日所需的麵包，不斷滿足我們。我們要是願意仔細去審視我們的存在現象，會發現我們過的是一種重複的生活，並且以此為樂，同時盼望繼續永遠過這樣的生活。任何人在開始生活之前，如未事先好好審視生活一番，他就不可能了解生活，當然也就不可能了解，人生原來是一場重複。也許有人審視了生活，卻對生活產生厭煩，我只能說，這些人天生體質不良，無法適應生活的重複，他們的生活最後失敗了，可是理解生活的重複的人，他存活了下來，而且活得非常的好。他絕不像追逐蝴蝶的小孩，什麼都要新鮮，他絕不想踮起腳尖，想要看盡全世界的奇景異俗，也不像坐在黯淡燭光下織布的老婦人，腦子老是跌入過去的回憶，他就是靜靜地融入生活，不斷和重複打交道，樂在其中。試想，我們的生活要是少了重複，會怎麼樣？有誰願意當一張小石板桌上面的石板，無時無刻讓人記錄世界新發生事件，或是當一塊專門記錄過去事件的紀念碑？誰願意被老是干擾靈魂的娘娘腔的東西催促著飛快行動？如果上帝自己不喜歡重複，祂就不會創造這個世界了，祂大可把他心中的所有計畫藏在記憶裡或依自己簡單的希望來行事，他並不想這麼做，所以他就創造了世界，創造了一個有著許多重複的世界。重複可以說是存在的事實和必得面對的現實，能夠接受重複的人才是真正成熟的人，這是我的個人意見，其額外意思就是，你如果要好好誠摯地生活的話，就不要只是躺在沙發上，什麼都不做，或在公司裡只是掛名顧問，或掛名諸如騎術教練之類的名號，名尊位高，實際上什麼都不做，在我眼中看來，這些都是笑話，而且都是不好笑的笑話。

前面提過，一位作家這麼說：記憶裡的愛才是真正快樂的愛。我的看法有所不同，特別是就我所知，這不是一位腦筋很清楚的作家，常常言行不一，倒不是說的和做的不互相一致，而是愛發表驚世駭俗的極端言論，讓人輕易相信有這樣的說法：記憶裡的愛才是真正快樂的愛。

大約一年前，我開始和一個年輕人有緊密接觸，事實上我在當時之前已經和他有所來往了，他的外表長得很好看，有一雙堅定的眼神，他甩頭的樣子顯示出他輕率的性格，同時可看出他性格上的多重性，但他那低沉沙啞的聲音卻又說明著他成熟穩重的個性，超乎他的外表樣子。我去他常去的一家咖啡館，透過其他客人的介紹和拉攏，我和他變成了熟識，他開始變得很信任我，對我無話不說，無事不談，好比歌劇裡那位悲慘的國王對法力奈利的信任並對其傾吐心中的苦澀一般，這大約是一年前左右我們之間的關係狀況。有一天他突然出現在我面前，滿臉充滿戲劇性，兩顆眼珠子睜得很大，整個神情一片慌亂，他跟我說他陷入了愛河，我心想，一個女孩會讓他愛成這個樣子，一定很幸福，他說他愛那女孩已經有好些時候了，一直忍著不講，如今終於忍無可忍，不得不講開了，因為他發現那個女孩也愛他，覺得沒必要再隱瞞了。我個人對這類事情向來都只是扮演旁觀者，如今對這個年輕人，對他的愛情事件似乎不能再只扮演旁觀者了，因為我發現，去介入一個優秀年輕人的戀愛事件，看他那麼投入，實在是很有趣味的事情，我已經忘了去冷靜觀察，我無法再繼續冷靜觀察，對這類事情，只有在感情上事不關己的狀況時，才會掀起觀察的欲望，否則則否。當我看到這個年輕人對他的愛情是那麼虔誠和專注時，我實在再也不忍心在一旁只是觀察，我深深被他的虔誠之情感動了；反之，當我們聽到一個教士努力且是虔誠地在唸已準備好的經文時，怎麼樣也激發不出我們想參與其中的欲望，我們頂多耐著性子聽他把每一句經文唸完。

我上面提到的這位年輕人可以說非常深入且非常激情地投入他的戀愛，我已經很久沒看到他這麼快樂，我自己也已很久沒這麼快樂，因為光只是觀察，並不會真正帶來快樂，好比幹警察工作，大多時候只會帶來沮喪，道理是一樣的，一個觀察者和一個警察相類似的地方在於，他們接到工作召喚時，要立即起身迎合工作，他們的工作就是挖掘真相。那位年輕人每次跟我談到那位他所愛的女孩時，總是談得很少，好像沒什麼好奉告，不像一般情人談到他的對象時總是滔滔不絕，他也不表示多情的樣子，好像他能夠追上這女孩憑的是自己的優勢，比如他的聰明才智以及外表的魅力。他為什麼要對我吐露這些，誠然，他的確需要一個知心的人聽他吐露祕密，有祕密憋在心裡是多麼痛苦的事情，他每天都想見她，但他不願意這樣，他常常一個人騎著馬要去見她，可在半路上卻轉了彎回家去，要不就騎來我這裡，宣洩一下心中的祕密，他會要求我和他一起坐馬車散步，聽他報告他心中對那女孩的愛意，以及藉機躲開那女孩的意象對他的糾纏，當然我也樂得如此，我從和他認識以來，就樂得當他的知己，我會經常對他提供有用的意見和服務。我就在等馬車的半個鐘頭時間裡處理一些商業信件，他也不讓自己閒著，他把菸斗塞滿菸草，坐在一旁翻閱近期的一些雜誌，也許他的腦筋充滿那女孩的意象，根本坐不住，就站起來走來走去，他的動作步伐和姿態都顯得不慌不忙，他的臉上閃現著愛的光芒，整個臉龐很像熟透的葡萄，眼看著葡萄汁就要流出來的樣子，就像愛就要從他身上爆發開來一樣，我有時會忍不住一直瞪著他看，這樣的光景，其迷人程度絕不亞於一個正在成熟的美少女。

他和一般正在戀愛中的人一樣，會在詩人的詩句中尋找愛之焦慮的愉快避風港，他常常在我面前走來走去，吟誦著丹麥詩人保羅．穆勒（Poul Martin Møuller）的詩句：

有一場夢從我的青春之泉
來到我的老年安樂椅，
我激情地渴望你
我那金髮的王后……

他的眼中充滿淚珠，先是一頭倒在躺椅裡，然後又巍然站起，他就這樣在我面前走來走去，讓我感動不已，給我留下極深刻印象。老天在上，我這輩子從未見過如此哀傷的景象，我知道他心中充滿哀傷，只是沒想到這一切竟是由愛所引起！難道愛非得引起這樣的哀傷不成？愛情令人陷入哀傷，然後忘掉別的一切，詩人所呈現的正是異常狀況的感情，沮喪的感情，所以他總是不停哀傷，他此刻正陷入最激情的深刻戀愛，他因此不得不陷入哀傷，他是個抑鬱者，人們常說，一個抑鬱者最好盡量去嘗試戀愛，因為如此一來，他會忘掉其他不愉快的事情，他到底抑鬱到什麼地步，以致需要用戀愛來治療，藉以避開憂傷？眼下在愛情這件事上他顯然陷得很深，他已然到了要回憶往日戀情的地步，他從一開始就這樣，現在兩人的親密關係眼看就要結束了，他更是如此，即使現在這女孩已死了，他依然不會輕易脫離這個愛的圈子，他會眼中充滿淚珠，口中不停吟誦詩人的詩句。多麼奇怪的辯證！他越是愛這個女孩，越是想脫離她，他會因為太過於尊敬他們的關係，從一開始就變得像個老頭子，這之間可能存在著某種程度的誤會，我已經很久沒見到這麼怪異的事情了，顯然他會感到不快樂，女孩不知道怎麼回事，她當然也感到更是不快樂，她弄不清楚發生什麼事情了，但有一件事情卻是很明顯的：現在要是有人要他說出記憶裡的愛情，他馬上可以做到，他從一開始就知道他沒什麼好損失，那是他之所以感到安全的理由，他沒什麼好損失。

馬車來了，我們往哥本哈根靠海郊區疾駛而去，我們要尋找一塊林地，我已經不願意介入他的情事，我只願意當一個旁觀者，我等著看好戲，就像一名船員在寫航海日誌時說，我要把我的沮喪一起寫進去！我想把氣氛弄輕鬆些，但沒有用，那偌大的海洋，躺在一旁偌大樹林，甚至那更龐大的空氣圈子，一起對抗他的哀傷，都起不了什麼作用，即使她也起不了什麼作用，他離她越來越遠。他犯了致命的錯誤，他的錯誤是他站在尾端而不是站在開頭，他犯了這個錯誤，最後只好毀了自己。

然而，我相信他身上始終帶著猥褻的色情氣息，一個人在開始戀愛時如果身上不帶這種氣息，那就表示不是真正在戀愛，他應該在此一氣息之外再帶上另一種氣息，那會是一種記憶的氣息，一種浪漫愛情的開端，一種浪漫愛情的表徵，他同時需要反諷的彈性，以便隨時派上用場，但是他沒有，他的靈魂處境太尷尬了。有一件事應該錯不了，那就是人在斷氣的那一剎那，生命就應算是完全終結了，但我相信人在那時應該還存有一股力量去組合新的生命。在愛初生之時，現在和未來為著永恆的問題爭鬥著，記憶因而從永恆湧入現在，這是健康的記憶。

我們起身回家，我離開了他，但我們之間卻沒有取得共鳴，我心中老是存有一種即將有一場大爆破的預感。

在接下來的幾個星期當中，我們還是偶爾會碰面，我發現他已抓到問題的核心關鍵，他慢慢感受到那女孩對他而言是累贅，他只渴望她，可實質上並不愛她，他卻會說，她是他永遠的最愛，過去是這樣，未來也將是這樣。他自己身上隨著也起了奇怪的變化，他渾身充滿詩意，想寫詩，這倒相當奇怪，不過稍微想一想，雖然很超乎我的想像，其實也沒什麼難理解的：他根本不愛那女孩，那女孩只是喚起他的詩意，把他變成詩人罷了。這說明了為什麼在表面上看來他只愛她一個人，不可能再去愛別人，而事實上他並不真正愛她，甚至覺得她是累贅，但同時卻又渴望她，等於說，她瀰漫著他全身，無所不在，每次一想到她，都覺得她很新鮮，覺得她對他無比重要，但對女孩自己本身而言，卻是無異於簽署了一紙死刑合約書。

隨著時間過去，他們之間的關係變得越來越痛苦，我這位朋友也越來越沮喪，他身上的力量幾乎快被他自己心靈的煎熬侵蝕光了，他也看出來，他使她變得很不快樂，卻同時又不願意承認他這樣做有什麼錯，只是私底下自己暗自覺得有罪惡感而已，他很想把自己的激情推向激烈暴力的邊緣，把實情告訴她並對她坦承他並不愛她，然後跟她全然斷絕關係，卻又怕自己這樣做會深深傷害到她，好比說她不夠好，不值得他去愛她，他不敢去想像下場會如何。她知道他再也不會去愛別人，她會變成他悲傷的活寡婦，每天活在對他的記憶和他們曾經有過的愛情當中。當然他沒有這樣做，他還是繼續活在欺騙當中，他的寫詩才情不停繼續對她奉獻，他本來應有的樂趣應該是對群眾奉獻他的寫詩才情，現在只能針對她一人而發，她始終都是他的最愛，他不用去告白，他總是把她捧得高高在上。然而事實上，她的存在與否，她的所有一切，從某種角度看，對他完全沒有任何意義，他在表面上卻要對她款款深情，他冒著發瘋的風險還是要偽裝這一切，完全為了她的緣故，必須假裝這一切都是為了給她帶來生活上的樂趣，她的確有獲得樂趣，而且不疑有他，她直覺感到這一切都是為了愛她。他並不想對她過分殷勤，卻又不想讓她覺得他的一切行為顯得虛偽，我相信她並未起疑，當然，我們會很難相信一個美麗年輕女孩那麼容易被奉承阿諛，以致深信不疑，一面倒相信對方為自己所做的一切，如是果真如此，她的頭腦未免太簡單了，太容易欺瞞了，而這樣的愛情也未免顯得太單純了，願上帝拯救她！

他的黑色激情越來越占上風，有一天他前來找我，什麼都沒說，只是滿口咒罵他的愛情。此後有很長一段時間我們沒再見面，他似乎很後悔把他對女孩的愛跟第三者全盤吐露，以及毫不隱瞞跟對方訴說這女孩在他身上所造成的痛苦。他破壞了所有一切，包括這女孩施加在他身上的驕傲以及他將她目之為女神所帶給他的喜悅。我們有時在路上相遇，他會故意錯開，以免和我碰面，有時免不了碰了面，他也不肯和我說話，但倒會盡量裝出很高興樣子，我會跟蹤他一小段路，企圖從跟隨他的人那裡問出一點什麼，我認識其中一個老僕人，他似乎很了解有精神抑鬱毛病的人，特別是有這類毛病的主人最喜歡對跟他最貼近的僕人吐露心中祕密，這個老僕人正是一名這樣的僕人，我就找上了他。我以前有一個精神抑鬱毛病的熟識，每天晃蕩過日，每個人都被他騙了，包括我在內，直到有一天一位理髮匠才對我揭露了他的祕密，這位理髮匠是個老頭，生活窮困潦倒，倒是結交了一些跟他相同處境的人，包括我那位熟識，也許是同病相憐，兩人竟成為莫逆之交，經常互相吐露各自心中的任何祕密，所以這位理髮師能夠知道許多人不知道的關於我這位熟識的祕密。

我這位年輕朋友讓我省去許多時間去追蹤他，他親自來找我，可卻不願意進入我家門，我們只好約在外頭見面，我們就約在隱密的場所見面，離哥本哈根不遠一家可以釣魚的園子，約在早上一大早，我還為了去那裡預先買了兩張釣魚的門票，我們可以一邊釣魚一邊談天。我在天開始微亮的時辰抵達那裡，儘管已經是夏天，在那個時辰還是可以感受到濃濃的寒意，地上的草由於昨晚夜裡的露水，還是濕濕的，空氣中瀰漫著一層薄薄的晨霧，鳥兒早已從樹上的巢窩裡飛出。我看到了女孩出現在我面前，她還一臉睡眼惺忪樣子，也許她還搞不清楚為什麼她會出現在這裡，也許剛才之前不久，她才在睡夢中甦醒過來，她想繼續再睡，他卻把她匆匆帶來這裡，他跟她說有事要和我見面，她毫不遲疑就跟著來了，但我們只是驚鴻一瞥，很快就分手了。他此刻臉色很蒼白，我也是。

時間繼續流逝，日子一天一天過去，我看著這位年輕人不停在浪費時間和精力，心裡真為他覺得難過。我一點都不後悔曾和他一起分享他的痛苦，像這樣的愛情經常會引發我們對愛情的思考，（這種愛情，讚美老天，在人生中有時還真會碰見，反而在文學上很少看到有人描寫），繼而能夠在浪漫愛情上面看出一點意義出來，然而，他從頭到尾都沒看出其中的任何意義，他不願相信這正是愛的生命法則，當他被要求要為愛付出生命，甚至犧牲整個愛本身時，他就被逐出詩的世界了，即使他的處境已經成熟到可以賦之以詩，他仍然無能立足於詩林而以詩來歌詠他的愛情。另一方面，如果浪漫之愛以一種概念方式呈現，每一時刻，每一感覺，即使是捉摸不定的感覺，都有其意義，因為其核心重點總是在那裡，詩意的撩動就很容易產生，甚至會比我所描述的這樁情事更為精彩，但是要如何好好引用這個和浪漫愛情有關的概念，則是一個很大問題，特別是涉及女方的反應，更是困難重重。

如果我要抓住這位年輕人的整個行事風格，寫得我自己彷彿置身其中，我要兼顧許多其他無關緊要細節，如客廳擺設和人物衣著等等，還有其他比如親戚和朋友的互動以及戶外風景等等，這會形成為一篇長篇小說的篇幅，我不想這麼做，我喜歡吃萵苣，但我只愛吃中間核心部分，旁邊的葉子部分我是不吃的，那是豬的食物，我和歌德的朋友萊辛一樣，比較喜歡懷孕的樂趣而不喜痛苦的生產過程，也許有人反對，你就儘管反對吧，我並不在意。

時光荏苒，我有時會去參加他的晚禱會，而白天大多時候他都在陪他的女孩。他很像被天神綁在懸崖峭壁上的普羅米修斯，每天只能面對著禿鷹在他眼前飛來飛去，我這位年輕朋友的處境很像普羅米修斯，他所能給予女孩的，就像普羅米修斯所能給予天神的，都是空洞的誓言。他每天運作他的力量，準備有一番作為，因為他覺得他的每一天被綑綁的日子都是最後一天，他覺得他不能再繼續這樣下去，他嘲弄他和天神的約定，但他越加激發他的熱情，越加對天神的請求，他的綑綁就越緊，他和女孩的關係也是這樣，這中間存有誤會，缺乏兩者之間的默契，只好繼續這樣欺騙下去。如果想對女孩解釋他心中的困惑，他的思維和靈魂就變得更混亂，他的自尊不允許他這樣做，這等於在糟蹋這女孩，先引誘她，然後又拋棄她，這是他做不來的，在這一觀點上，他是對的。先引誘一個女孩，然後再欺騙她和拋棄她，這是很可恥的，是一個混帳的行徑，要不然一直延遲到最後再跟她解釋說，她不是他的理想，他們不適合，然後一走了之，這可能會是更混帳的行徑。也許比較可行的辦法是，跟她解釋說他們合不來，但她曾經是他寫詩的繆思，讓她有所補償而感覺好一點，這樣就不會感覺自己是個混帳。一個跟女孩交往有經驗的人，可以很輕易做到這一點，對方也許會感到絕望，但至少可以原諒你，這可能會是脫身的最好方法，可以保住雙方尊嚴，又可全身而退，但事實未必盡然，等這女孩仔細把事情想明白了，這可能比前面的直接欺騙方法更糟，這等於雙重欺騙，傷害得更深。在每一樁浪漫愛情之中，都有很棘手的地方，不管過程如何，比如有導向性愛，或結局如何，不得不散，保住女孩的尊嚴，應該是首要之務。

為了終止他的痛苦，我鼓勵他嘗試某些極端的做法，但要適可而止，比如說，把自己弄成很可鄙之人，愛戲弄和愛行騙，把一個人可能有的最惡劣習性盡量表現出來，讓她變得討厭你和鄙夷你。她會開始對你覺得厭煩，甚至鄙視你，當然，做這些事情不能太火速，一開始讓她慢慢變煩，然後慢慢變討厭，不能無端嘲弄她，那會激起她的情緒，讓你變得更難脫身，你要讓自己變得不可理喻，無法講理，你的所有這些行為，無論如何要讓其盡可能凸顯出來，不能不痛不癢，一定要使自己變得很可厭，甚至令人痛恨，如果她開始討厭你和痛恨你，這時你成功了。當然你也要時時注意自己的行為，像在辦公事那樣小心翼翼，雖然不必付出熱情，但也不能滿不在乎，雖然不必像一樁浪漫愛情開始時那麼激情，但絕不能漫不經心，總之，不能露出破綻。記住，一個陷在愛河中的女孩對愛情這事是極端敏感的，她有沒有被愛，茲事體大，一分一毫的任何極微末動作，都逃不過她的細密觀察，你在她旁邊的任何動作，像在操作一樣新穎器具，只有時間才能證明你會不會操作，稍微不慎，就會全盤皆北。你要開始行動時，記得通知我，讓我評估一下整個情況，再伺機行事，除非很有把握，否則不要貿然輕啟事端。

我絕不是單單為了這位年輕朋友才想出這個計畫，坦白講，我已經慢慢在開始討厭這位女孩了，她每天都和這位年輕人在一起，竟然一點都沒注意到他正在為他和她的愛情而受盡折磨，她心裡不知道在想什麼，她難道完全不在意她所愛的人的心裡痛苦嗎？她完全沒有要拯救他的意思，她至少可以給予他所最需要的——自由。她只要給他自由，他就獲救了，如果她能看出他的這層需要，就什麼問題都解決了，她必然因為如此做而處在上風的地位，也就沒有未來被糟蹋的問題了。我可以原諒一個女孩任何事情，唯獨不能原諒的是，一個處在愛情中的女孩錯用愛的功能，當一個女孩的愛如果不是自我犧牲，她就不是女人而是男人了，我會很樂意看到她成為笑柄。對一位喜劇作家而言，在他所使用的素材裡，他筆下創造一個這樣的女主角，名叫艾薇拉，取自莫札特歌劇《唐．喬凡尼》，她對她的第一個情人忠誠不渝，對以後的情人們則予取予求，她剝削他們並糟蹋他們，她是這齣歌劇的主唱，從頭唱到尾，她主張男人要對愛情忠誠，她自己本身就對愛情至死忠誠不渝。女性的忠貞情感是偉大的，是值得讚賞的，無法丈量且無法解釋，特別是當愛情在褪色時。如果她的情人在最後仍繼續欺騙她，而不給予任何的好話的話，讓她在幻覺裡陷得更深，這時她的處境更是可歌可泣。假若這女孩對愛情信任得更深，無視於我們年輕人的任何言語，而年輕人又能適當執行我所設定的計畫的話，她最後受害的情況將更為嚴重，他將以最大可能的色情騷擾對待她，可是如果她不加理會的話，他的手段就會一無用處，同時帶來莫大痛苦。

他很贊同我所設定的計畫，並打算加以實行，我在一家女帽商店裡找到一位我們計畫裡所需的年輕可愛女孩，我答應她說如果她願意加入我們的計畫的話，我會給她許多好處。我這位年輕朋友必須和她不時攜手出現在公共場所，然後把流言散開，讓人感覺他們之間的關係顯得很親熱。我為這女孩租了一間可以通向兩條街的屋子，好讓我們年輕人方便出入，而且出入時要方便他們被住在那裡的女工看到，好把流言傳開，我要確定從一開始那位女友就知道他們之間有在來往。我所找的這位女孩是個裁縫女工，很漂亮迷人，但對我們女主角而言，並不覺得她會是個威脅，她感覺她並不如她，當然我們的焦點還是在女主角身上，裁縫女工跟她不同，我們的至終目標還是在於挑起女主角對我們年輕人的反感。

這位裁縫女工必須在這事情上面周旋一年，她的角色的功用就是欺騙我們女主角，讓她以為她的愛人移情別戀，在這當中，年輕人還是希望能往成為詩人角色的方向邁進。如果能夠成功，他就能夠回到原來的狀況，至於女孩，在這一年當中，她就能夠藉此機會脫離他，也就是從他們兩人的卑微關係中全身而退，如果這樣的事情發生了，她會回到以前，過重複的生活，然後感到疲憊，至於他，他從頭到尾都是寬宏大量的樣子。

萬事俱備，我緊緊握住韁繩，我帶著迫切的心情等著看結果，然而就在這時候，我們的年輕人失蹤了，遍尋不著，他可能覺得他沒有能力去執行這個計畫，他的靈魂缺乏反諷的彈性，他無法面對反諷所帶來的沉默下場，他必須保持他的承諾，總之，他臨陣脫逃了。他什麼都做不了，他不能維持他的承諾，他是個人，卻不能真正去愛，任何形式的愛都行，但他做不到，他要是個藝術家就好了。從另外的角度看，他根本什麼都不想做，他害怕冒險。從一開始我就知道他需要一個心腹知己，這個心腹知己要懂得保持沉默，他需要一套祕密語彙來表達他心裡的意思，感嘆聲是那麼深邃，以至於他無法在他的祕密語彙中找到可以與之相對應的表達方式，他找不到可與其笑聲相對應的聲音，也找不到可與其突兀懇求聲相對應的叫聲，他似已接近發狂的狀態，雖然這只是施行這計畫中一個不可避免的階段，卻顯得有些可怖，有點類似一個人在半夜裡熱病的發作，令人無可適從，要是能夠過了這一關，最後勝利必將來臨。

我岔題了，但我述說這段故事無非在表明，對記憶的偏愛只會帶來不快樂，我的年輕朋友不懂得重複，他甚至不相信重複，他不肯在這上面使勁，他的命運只得淪於悲哀。他很愛那女孩，但他不應該把愛她和成為詩人攪混在一起，他首先應該脫離寫詩的欲望，並且跟女孩坦白承認自己此一企圖，當一個人打算和一個女孩結束關係時，這樣做是最適當不過的，但他並不想這樣做，我竟然也同意他認為我的提議是錯誤的，他認為如果按我所提議去做，會剝奪女孩自主性存在的機會，同時也許可免除自己日後成為被女孩藐視之對象的可能性，同時更進一步免除日後因失去這女孩所造成的遺憾和愧疚的感覺。

如果他相信重複，不知會有什麼不一樣的下場？是否會為這樁愛情留下一個刻骨銘心的印記？

然而，在這則故事裡，我走得比原先所預期的更深入一些。一開始我注意到，即在最初的第一階段，年輕人正處在像古代騎士求愛成功的自我陶醉階段，不斷沉醉在成功愛情的記憶裡。請讀者不妨和我一起回顧一下，當初他來找我時，完全沉醉在成功的愛情記憶裡，一顆心怦怦然跳個不停，瀰漫著保羅·穆勒的優美詩句，他同時告訴我，他應該節制自己，避免和他的愛人整天混在一起，然後在我面前不停反覆吟誦保羅·穆勒的詩句，直到晚上才和我分手離去。我現在永遠記得那首詩，更記得他當時近乎瘋狂的樣子，大大超乎我後來對他失蹤的記憶，顯然他失蹤的事件對我所引起的焦慮，遠遠不及他近乎瘋狂的樣子。我當時有預感到未來事情可能演變的樣子，怎麼樣都不會想到會有開頭令我訝異的這一幕，我忍不住開始預感未來有可能的結果，一個在旁邊觀察的人可能會這樣做，但那是很痛苦的，比如第一階段所發生的事情就會讓他感覺很難過，難過到幾乎要昏倒，就在他處於此一脆弱的時刻裡，他的腦中會萌生許多的概念，也就是在此一時刻裡，他開始了他和此一現實世界的關係。一個人如果不擁有此一女性化特質（難過到幾乎要昏倒），被這種特質層層包圍住，他就不配當一個旁觀者，因為他若無法全盤掌握，他就什麼都發現不了。

那天傍晚我們分手離開時，他再三感謝我幫忙他一起度過一段難捱的時光，我想到他也許對女孩開誠布公，對她什麼都講，她會更愛他嗎？他會怎麼反應？我會反對他這樣做，我會跟他這樣說：「一開始就要堅持立場，別落入性愛的圈套，這是最聰明的做法，除非你的靈魂夠嚴肅，能將你導向更高層次的地位。」如果他什麼都要告訴女孩，他往後的行為就會顯得愚蠢了。

任何人要是有機會觀察一群年輕女孩之間的閒聊對話，可能會經常聽到類似這樣的對話內容：「某某男孩人很好，但就是很乏味無趣。另外某某男孩就有趣多了。」我每次聽到這樣的話出自一個年輕女孩的口中，我就忍不住會這樣想：真是不懂羞恥，一個年輕女孩的口中會說出這樣的話，真是悲哀。如果一個年輕男孩會迷失在所謂的「有趣」王國當中，除了像你這樣的年輕女孩之外，沒有人能拯救他。她不必有罪惡感嗎?這時有兩種狀況，這位有關男孩無法自救，只能粗魯為之，要不就是自告奮勇，勇往直前……一個年輕女孩應小心翼翼，不要去沾惹「有趣的」東西，會去幹這種事情的女孩總是會從概念的遠景上面迷失，因為「有趣」永遠不會重複，一個年輕女孩避免去幹這種事情，才能贏得一切。

六年前，有一次我離開城中三十英里遠到一個鄉下地區旅行，回程半路上我停留在一間小客棧休息，並在那裡吃午餐，我吃了一頓非常豐盛好吃的午餐，心情非常愉快，飯後我來到我休息的房間，坐在窗旁享受我的餐後咖啡，咖啡味道很濃郁芳香，就在這時，一個很可愛的女孩，而且很漂亮優雅，從外面窗旁走過，直走向客棧的後院，我猜測她應會繼續走向一旁的花園。我當時很年輕，比現在年輕很多——我一口喝完杯裡的咖啡，然後點燃一根雪茄，頭腦昏昏然對這女孩產生許多遐想，就在這時，有人敲我房間的門，來者正是這位美麗女孩，她先對我禮貌問候，然後問院子裡那輛馬車是不是我的，我是不是要前往哥本哈根，她可否騎著馬和我一起同行。這位女孩的美貌不提，光她那謙恭有禮和婀娜多姿的女性姿態早已挑起了我的「興奮」和「興趣」，想一想，和一個美麗年輕女孩一起走三十哩路，有那麼長的時間相處在一起，恐怕會比在客棧花園裡的搭訕「有趣」太多了，我相信甚至任何一個比我不體貼的人都絕不會拒絕這樣的請求，她對我毫不懷疑的信任，比任何精明狡猾的女性所可能激發的本能，更能夠博取我的好感。我所乘坐的馬車和她騎著的馬一路並肩而行，馬車上還有我的馬車夫和我的腳夫，大家一路無話，相信她和父兄一起旅行也沒有像現在跟我們在一起更安全，我一路保持沉默不語，除非她有事情要問我。我們每個休息站都停下來休息五分鐘，我都會下車來走動一下，我會順便問她要不要也下馬休息一下，我手上拿著帽子，我的僕人就站在我後面，手上也拿著帽子，我們都一副彬彬有禮樣子。當我們快抵達哥本哈根時，我要我的馬車夫抄小路進城，甚至接近哥本哈根僅剩兩英里路時，我還下馬車和她隔著距離步行前進，主要是我生怕有人看到我們在一起，會對她造成不必要的干擾，一路上我從未問起她姓名，她家住哪裡，為什麼會從事這次旅行等等，事後她始終在我腦海裡留下美好的印象——完全不受任何汙染，一個女孩若尋求「有趣」，終將淪為陷阱，作繭自縛。她若是不渴求「有趣」，必將相信「重複」，所有榮耀必歸天生榮耀者，亦將歸隨著時間而得榮耀之人！

我必須不斷反覆強調，重複就隱藏在我上述的故事之中，重複是必須加以重視的新項目，任何熟悉現代哲學和古希臘時代哲學的人都知道，這個新項目所主張的哲學正好說明了前蘇格拉底哲學流派伊利亞學派和希拉克萊特（Hiraclitus）各自所主張哲學的對立關係，一個主張「不動」，另一個主張「變遷」。但有人卻錯誤地把此一新項目歸納為上述兩大學派所主張不同哲學的「折衷」。很難置信，黑格爾哲學竟然猛烈吹噓「折衷」觀念，實在是無稽至極，卻因而獲得極大的讚賞和認同。

我們不妨在此稍加思考有關「折衷」觀念，以免讓古希臘人受到誤解。古希臘時代希臘人所發展的「有」和「無」觀念，以及「此刻」和「非存有」觀念等，把黑格爾搞得頭昏腦脹。對我們丹麥人而言，「折衷」（mediation）是個外國詞彙，「重複」（repetition）則是一個很好的丹麥字眼，我要在此好好感謝丹麥語言，為我們提供一個這麼好的哲學字彙。可是一直到我們這個時代為止，還沒有人真正為我們解釋「折衷」這個哲學詞彙的真正意義，是否指兩個不同狀況一起動作的結果，或是還有其他新的意思。我們首先來看看古希臘人怎樣思考「動作」（motion）這個概念，也就是現代哲學所說的「變遷」（transition）觀念，重複此一現象的辯證很簡單，曾經存在過的才有可能被重複，也正因為如此，被重複的就是某種新穎的東西，當古希臘人說，所有的知識都是一種記憶，意思也就是說，所有此刻存在的東西，都曾經存在過，當有人說生命是一種重複的時候，意思就是，曾經存在過的東西，現在會再出現而存在，人如果沒有記憶和重複，則一切終將成為虛空，變成只是一團沒有意義的雜音，記憶包含了整個種族的生命觀，重複則是一種較為近代的生命觀，重複可說是形上學的「核心興趣」，恰恰也正是在這個核心點上面，形上學擱淺了，重複是所有倫理學問題的解決鑰匙，重複是所有武斷教義問題上不可或缺的手段。

我在此預備引用德國哲學家哈曼（Johann Georg Hamann，一七三〇—一七八八）的論調來支撐我有關重複的觀點：「我操多種語言之外，還懂比如詭辯者的語言，以及其他諸如文字遊戲的語言、克里特島語和阿拉伯語等等，還有，比如白人和黑人在使用的各種語言，包括批評和神話以及各式各樣謎語的語言，而且，我還能使用這些語言和人辯論。」（以上原文為德文）這是德國哲學家哈曼寫給哥本哈根大學一位教授的信，信中所言並無吹噓之嫌，似乎只有鑑定家才能辨別其真偽，我希望我也能如此，這一生就沒有白混了！

關於「重複」的意義，我們不必長篇大論，就能言簡意賅講出來，一八三一年的五月二十八日學會紀念會上，上述的哥本哈根大學教授烏興（Tage Ussing）受邀發表演講，他演講中有一個論點不能為大家接受，他這個人向來非常固執堅定，你猜他有什麼反應？他突然用力敲了一下講桌，說道：「我再重複一遍！」他不斷重複他的論點，直到大家能接受為止。幾年前，我在兩個重要場合聽一位神父演講，他講和上述烏興教授相同的主題，一樣有一個論點不為大家接受，但他不像教授那樣，事先宣布說：我再重複一遍！但他就是不自覺又重複他所講而不為大家接受的論點，結果獲得一樣的效果。有一次，朝廷的一次重要聚會，王后當著許多朝臣面前講了一個很好笑的故事，大家大笑不止，朝臣裡有一個耳聾的部長，根本未曾聽出王后講了什麼好笑的故事，就主動要求他也想來講一個，結果他講的故事和剛剛王后講過的一模一樣，大家都知道，一樣的笑話重複第二遍就不好笑了，但這裡重複的要點不在這裡，而在其背後更深遠的地方。問題：這樣重複到底有什麼意義？一個小學老師對一個學生說：傑斯柏遜，你給我坐好，我已經重複第二次了！這位學生因此被老師評為愛躁動，這裡重複的意義和前面相比，可說適得其反。

我不想再繼續舉這一類例子了，我倒想談談我一次發現之旅所帶給我的反思，重複的可能性及其所展現的真正意涵。有一次我搭輪船去史特拉斯蘭，然後從那裡搭快郵驛馬車去柏林，常旅行的人總愛爭論在驛馬車內哪個位置最舒適，我的看法是這樣，不論哪個位置，都一樣糟。那次我坐在前面靠前輪的一個位置上，一般公認那是整個車廂內最舒服高貴的位置，可我必須在那個位置上坐上整整三十六個小時，我和車內其他人就這樣一路不停搖晃了整整三十六個小時，等我們抵達漢堡時，大家都已頭昏腦脹，雙腿也都麻木了，我們全車六個人，過去三十六小時大家同舟共濟，命運共同體，等下得車來時，大家都身不由己，雙腿麻痹，舉步維艱，我終於相信，許多莫爾波人長時間坐在一起之後，最後都分不清楚自己和別人的腿了。下面還有一段路程，從漢堡到柏林，這回我就特別挑選可以躺臥的位置，以免重複上一段路程的痛苦。馬車夫已吹起號角，我閉起眼睛，一切聽天由命，只有老天知道你能不能撐過這段旅程，只有老天知道你能不能安然抵達柏林，即使一切如願，也只有老天知道你能不能繼續做一個人，一個個人主義的個人，最後也只有祂能知道你往後會不會記得這段經歷。

最後終於安然抵達柏林，我立刻趕往以前住過的老地方，藉以證實重複是可能的，重複可以走到什麼樣的地步。我敢說我上一次來柏林算是滿幸運的，能夠找到一幢很滿意的公寓，我特別強調這個，乃是因為我看過很多地方，都很不滿意。御林廣場，這是柏林最漂亮的廣場，大劇院，兩座大教堂，從我住處的窗口望去，在月光底下閃閃發亮，美不勝收，美好的記憶可以說是促發我這次再度來這裡旅行的動力。我來到這棟瓦斯照明大樓的二樓，在入口處有一扇小門，旁邊是道玻璃門，通向一個小房間，我再繼續往前走，來到了會客室，就在這會客室外面，是兩個更小的互相對稱的房間，兩個房間內的擺設和裝潢一模一樣，乍看時還以為其中一個房間是另一個房間在一面大鏡子裡的反射，裡面還有一個房間，被燈光照得很明亮，房間裡有一張桌子，桌子的旁邊是一張套著漂亮紅色絨布，看起來很舒適的安樂椅，桌子上面有一個燭台。剛剛進來的第一個房間沒有燈光照明，蒼白的月光和裡面房間的強烈燈光就在這裡混雜在一起。你可以坐在這裡窗旁的一張椅子上，凝望著外面底下的廣場，許多行人行色匆匆走過那裡，他們的影子紛紛被街上的燈光投射在建築物的牆上，每一樣東西都顯得很夢幻，人的靈魂好似被一層薄膜包裹著，我有一股衝動，很想像個間諜，披上一件斗篷，在那底下偷偷摸摸走動，靜聽四周圍的聲響，我當然沒這麼做，我只是想像我年輕時肯定會這麼做。我抽完一支雪茄，回到裡面的房間，已經是午夜時分，我熄掉蠟燭，換上夜燈用的小蠟燭，此時外面的月光一片明亮，大放光芒，陰暗的地方變得更加陰暗，腳步聲已經消逝，不復可聞，外面無雲的天空看起來如夢幻一般，又顯得悲涼，彷彿世界末日已經來臨，上天依舊無動於衷，還是靜靜懸在那裡。我又來到前面的房間，來到走道，來到小房間，真希望能夠像其他人那麼幸運，能夠安然睡著——睡著！

喔，不！重複在此不可能發生！我的房東是化學家，他改變了（原文是德文），一般德國人都可以很容易理解這句話，但意思有可能是多層的，比如說，他結婚了，我們在哥本哈根有些人也會這麼說：他改變了。意思指的是，他結婚了。我可不想恭喜他，除非在特別場合，否則我實在很難理解，他改變了指的是他結婚了，我只能笑笑，不知該如何反應，他和我握手，表示出「婚姻的美學價值」，我這才真正會過意來。我把一隻手放到心臟部位，並對他露出體貼溫和的表情，他像上回表示他是單身的表情那麼成功，說他改變了，意思就是他結婚了，這場默劇才算結束。我敢說每次我說德語時，我可能是全世界最隨和的人，幾乎沒什麼主見。

我這位房東人很客氣，也很體貼，我很喜歡跟他租房子，他也樂得把房間租給我，這次我跟他租了一個房間和一個小客廳，我忍不住在想，當我回到家晚上點上蠟燭時，這是不是重複？也許是命運的安排使然，我來到柏林的那一天剛好是他們的「懺悔節」（Buss und Bettag），整個柏林非常熱鬧，人在路上到處撒下塵灰，不可撒到別人的眼睛，口中唸著（拉丁文）：「喔，人啊！土歸土，塵歸塵，你來自塵土，必將歸於塵土！」柏林整個城市，到處瀰漫著煙塵，我起先以為是政府的傑作，後來才發現這些全是颳風所致，我看柏林每隔兩天都是「煙飛星期三」，但這和我的主題似乎不恰當，此一發現和我的「重複」無關，我上次來柏林時並未發現此一現象，那時是冬天。

人一旦安置在一個舒適的公寓裡頭，就好像獲取了一個安全藏身之處的動物，便會立刻萌生想到處走走看看的冒險心理，然後回到家來慢慢享用獵取之物。我就是喜歡這個方式，我很不喜歡吃東西時，旁邊有人在看，像某些掠奪者那樣，總是喜歡躲在一旁，慢慢享用掠取之物——所以我就迫不及待外出看看這個城市有什麼好玩之處或什麼好吃之食物，如果你是個商務的專業旅遊者，更少不了到處聞聞嗅嗅的習慣，你會到處認識人，會在旅遊日誌上寫下許多名字，或把自己的名字登入世界旅人手冊上面，吃喝玩樂全都少不了你的份。如果你來到柏林，不妨花四個格羅遜（Groschen）請一個導遊，可以暢遊整個柏林市，你所做的觀察報告，恐怕連警方都找不到瑕疵。反之，你此番到柏林來，覺得柏林沒什麼你特別想看的，那麼你就什麼都不要做，說不定也許你會看到只有對你才有意義的事情，總之，也許你會看到其他人錯過的東西，你根本不需要跟別人溝通，即使有這個需要，比如有關道德倫理或風俗民情方面的議題，最好放棄，那經常會引發不愉快的爭辯，破壞到人的品格和習性。如果一個人已經在國外旅行有好一陣，卻從未搭過火車，他是不應該被逐出有禮的社會，懂得禮節的人不應該搭火車旅行。一個外國人去倫敦旅行，卻從未坐火車穿過泰晤士河的河底隧道，這怎麼說？還有，一個外國人來到羅馬，愛上了這個城市的某個景點，這個景點成了他旅遊此城真正快樂的來源，可他離開羅馬時卻說，他從未看過一個吸引人的景點。

柏林有三個大劇場，「柏林歌劇院」專門演出歌劇和芭蕾舞，據說相當精彩。一般戲劇就在「柏林劇場」演出，這些戲劇除了娛樂之外，還必須含有教化功能。柏林還有一個劇場，叫做「國王的子民劇場」，外國遊客較少光臨，沒那麼大，也沒那麼豪華，但比起其他偏遠小劇場還是有名得多。說到小劇場，在柏林倒是挺多的，對我們丹麥人來講，這些小劇場常會令我們聯想起哥本哈根幾家飯館裡的小劇場，比如馬蒂森或凱列特餐館，經常會出現一些令人意想不到的好作品。我來柏林之前，先到達史特拉斯蘭時，看到當地報紙刊登《護身符》（*Der Talisman*）一劇要在柏林這家「國王的子民劇場」演出的消息，我感到很興奮，我之前看過一次，印象非常深刻，我希望能在柏林再看一遍德語版的演出，藉此喚起我初次接觸此劇時的良好感覺。

我想現在大概找不到像我一樣的年輕人，著迷於劇場魅力，看戲時輕易融入劇中角色，成為劇中人物的雙重人，然後尋求自己各種個性的可能性，完全投入劇中的虛幻世界。像這類情況極可能會發生在我們人生的早年階段，我們的想像力被喚醒，開始奮力塑造自我的個性，而讓其他的一切睡著了，在這種模糊的想像力發酵過程中，我們真正的個性還是模稜兩可，任何可能性都會發生，但都只像是影子，尚未真正成形的影子而已。在個體上會拋出很多影子，每個影子都有可能是他自己本尊，但真正的個性尚未真正冒出，每個影子都有可能就是他自己，其實都不是，沒辦法證實哪一個就是，一切都還在游移當中，錯誤很可能就在這階段形成。精神生命的鑄成正如同植物的生長，核心部分要到最後才能定型，至於影子部分，雖然紛亂無章，在成長過程也是需要養分的滿足，即使它們未有什麼有益的功能，也許這個個人在成長過程中誤用了某個影子，也許乍看悲哀，實則帶有喜劇的成分，因為他可能變成一個很奇怪的個人，是福是禍，尚難逆料，但可惜的是，這樣的個人永遠不會是他真正的「我」，他的一切如同不朽的要求，都會成為很不可信的事情。所有事情的發生，都有其必然的時機，每樣事情都有其年輕階段，然後開始衰老，之後在某個時機又回到原來的階段，好比一個老人想起他的過去忍不住大笑，他的過去讓他感到窩心，希望再重複一遍。

在山區裡，有人日復一日聽著一樣的風聲，彈著一樣曲調的音樂，他能夠這樣享受著自由，品味著安穩而自在的生活，但他也想過要抽離這樣的單調生活，即使只是一會兒。這風聲已久住在這山區好幾年，每天在山區翱翔嚎叫，從未停止。他也許想過，這風聲有一天會像個陌生人那樣，來到他面前，它穿過懸崖峭壁，一路不停嚎叫，它那淒厲的嚎叫聲甚至都會嚇到自己，然後是一聲大聲的咆哮，接著是呻吟聲，最後是一聲來自焦慮深淵的嘆息聲，令人狐疑又驚嚇，它在猶疑要不要棲息這裡，然後是悅耳動聽的華爾滋音樂，日復一日，沒有變化，每天演奏。這個人至終迷失在他自己的可能性裡頭，先發現一個，然後陸續一個一個發現，但這個人的潛力不想只是被聽到，他不想只是像氣候那樣無聲無息經過，他要的是「創造性」，主要是能夠被看到。其所有可能性此時都變成了很明顯的影子，這位神祕的個人不喜歡激情的吵鬧聲，正如他也不喜歡魔鬼的耳語聲一樣，同樣地，他一樣不喜吵鬧的祝賀聲，還有細小的哀嘆聲，這樣的個人只喜歡以悲戚姿態去看和聽，特別是去看和聽他自己，事實上他並不喜歡聽他自己，但這不是要點。破曉時分，公雞啼叫，眾鬼退隱，夜晚的喧鬧也悄然消退，如果不是這樣，我們就是處在魔鬼的地方，這位神祕的個人為了避免看到他個人的意象，他必須把他的地方弄得很光亮透明，像是講話時聲調很光明磊落，不帶迴音。

這裡的景觀大抵如此，剛好適合這位神祕個人的「影子遊戲」，在這些影子當中，他發現了他自己，一樣的聲音，但是這些影子當中可能有一個攔路盜匪，他一定在這鏡子影像當中很快認出他自己來，這名攔路盜匪看起來很健壯，有著一雙游移不定卻很堅定的眼神，眉毛又濃又黑。他躺在山區道路上，聽到好像有一輛驛馬車正在駛近這裡，他大聲吹了一聲口哨，一群匪徒跟著立即出現，他的聲音剛勁宏亮，蓋過其他任何雜音，樣子看起來殘酷兇蠻，像是個殺人不眨眼的傢伙，他在搶劫時，對受到驚嚇的女孩應會表示出騎士風度。像這樣的盜匪在竹林路上攔路搶劫，應該像在家中那樣優游自如，果真如此的話，他則是什麼都不必做，很容易得逞，我不得不說，他太輕而易舉了。和這個人相交，令我聯想起幾年前有幸和一個文學人物的來往，他有一次跟我抱怨說，他寫字太慢，總是來不及記下他所想記下的一切概念，他就問我能不能當他的祕書，隨時記下他唸給我聽的東西，我很盼望獲得這個職位，我說我寫字快如奔馬，每次記下每個字的第一個字母，然後完全無誤地唸出我所記下的一切。他給我一張大桌子，上面擺了一疊編了號碼的紙張，十二枝鋼筆，他開始唸一封信給我寫：敬愛的先生們，你們會了解，我真正想說的是……。他唸完後，我把寫好的信唸一遍給他聽，之後他就再也不提要聘我當他祕書的事情。

那名攔路匪徒可能會覺得我把他看得太偉大，或太渺小，那麼，在他背後畫一棵樹，在他前面掛一盞燈，把他四周圍的樹照亮，讓那些樹變得很大，甚至比北美洲原始森林的樹還大，然後讓他的喊叫聲在那些樹中間飄蕩著。這真像是想像的詭辯欲望，把整個世界看成像一個胡桃，整個世界包覆在一個胡桃裡頭，而事實上胡桃卻又沒那麼大，大到這個人無法填滿它。

即使此人個人生命中的這個階段現在消失了，但之後在他比較成熟的階段，也就是說他的靈魂成形的時候，這個階段會再出現，對這一個人而言，到了這階段，藝術也許並未變得那麼重要，他還是想重回以前重拾藝術，並加以熱烈擁抱。他企圖回到舞台上從事喜劇式的演出，既然悲劇或喜劇，或甚至諷刺劇都不能滿足他，他遂轉向鬧劇。同樣的情形也發生在別的領域，比如繪畫方面，此人對食物沒什麼挑剔，卻總是無法滿足於當下最好的繪畫作品，可他卻會為一張平庸的紐倫堡彩色版畫感動不已，像這樣的版畫在當時滿街都是，畫中的風景到處都看得到，他卻捧之為寶貝，珍愛不已。我倒想問問大家，你們在此所看到的這幅風景，所得到的是一般印象的鄉村風景，還是得自兒時印象的鄉村風景？要是說一個人在小時候即具有如此宏觀視野，如今再看，可能要感到暈眩。假設你從雜誌上剪下一個男人和一個女人的身影，一般男女的身影，而不是嚴格意義上像聖經裡的亞當和夏娃，你會有何看法？一個畫家在畫一幅風景畫時，他是要努力如實加以呈現，或是加以理想化來呈現，這倒使我們這位個人無所適從，等這幅畫完成之後，其內涵無法敘述，我們這位個人看了不知要笑，還是要哭，真的就是無所適從，整幅畫的效果要取決於觀者當時的情緒來決定，所有再多的語言、激情感嘆聲或任何一切的表達方式都不足以說明這一切，除了最野蠻最自然的跳躍和翻筋斗之外，其他什麼都不是。也許這個人學過舞蹈，常看芭蕾舞，喜歡舞蹈藝術，也許他有一陣子完全排斥芭蕾舞說不定，也許有某些時刻，他獨自把自己關入房間裡，以美學一般的單腳立姿，或是躍身「貓跳」（entrchat）幾下，藉此來好好鬆懈自己。

他們在「國王的子民劇場」表演鬧劇，會聚集在那裡的人來自四面八方，五花八門，那些想研究大笑的療效的人，不應該錯過來觀賞鬧劇演出的機會，從走道和第二層樓包廂傳來的喊叫聲和尖銳笑聲，和一般世故且帶有批評性的觀眾的鼓掌聲絕對不同。沒有這些東西相伴，鬧劇就不可能演出。一般而言，鬧劇大多反映出人生最卑微和最不堪的那一面，而走道上和第二層樓包廂的觀眾立刻從那裡看到了自己，他們叫好的聲音不絕於耳，但不是針對哪個演員演得好而發，而是演員演活了他們，他們甚至於不覺得自己是觀眾，而是和演員一起生活在街上或是某個故事發生地點的一群人，他們和演員是一體的，然而，劇場畢竟是劇場，他們只能像小孩一樣，被允許隔著窗戶看街上的騷動。在樂隊區和第一層樓包廂區，這是票價最貴的地區，也一樣會頻頻傳來爆笑聲，但這裡所傳出的笑聲和從廉價區所傳來的笑聲，在本質上卻有所不同，同時和第一流喜劇表演所傳出的笑聲，也是不可同日而語，這中間涉及的並不是演出好壞的問題，一齣劇作的好壞與否，與其好笑與否無關。就美學角度看，一齣鬧劇是上不了檯面的，對一位挑剔的世故觀眾而言，一齣戲劇只要牽扯到鬧劇的格調，在美學範疇內就絕不可能有高格調的表現，就只能看其活力和搞笑的表現。他們到劇院來看戲，並不是只為了來尋找樂趣或只是來看搞笑，他們是來尋求美學的滿足和情感的寄託。對一個世故的觀眾而言，去看一齣鬧劇就好比玩樂透一樣，明明知道錢丟出去永遠中不了獎，還是不停地買。對一般觀眾而言，他們可不要這種不確定性，他們要的就是搞笑，可當他們去看一般戲劇時，他們心裡可是抱著嚴肅而狹隘的想法，他們很少想到美學的問題，他們希望劇場能夠帶給他們教化，讓他們變得更高貴，當然他們可能也期待，或想像期待，看戲確然能夠帶給他們一些美學的樂趣。當他們看到戲劇演出的宣傳海報時，心裡就打定主意今晚要怎麼打發。但面對鬧劇的演出就不是這樣，因為一般鬧劇的演出，很難預料其效果，比方說，同一齣鬧劇不同時間的兩次演出效果有可能會非常不一樣，甚至會有一種情況是，效果最好的一次往往不是演出最好的那一次，反之，演出最好的一次，未必有很好的笑鬧效果，我們因此不能相信鄰居或朋友的口碑，甚至報紙上的評論都不能相信，好或壞，喜歡或不喜歡，完全由個人來決定，因此沒有一個批評家能夠為一齣世故的觀眾所愛看的鬧劇確定其格調，也沒有一個人能夠為一齣鬧劇建立好或壞的口碑，劇院和觀戲群眾之間永遠無法為一齣鬧劇建立一個共同準則，一個會因為看一齣鬧劇而狂笑的人，他一離開劇院可能是個不苟言笑的陰鬱之人，反之亦然，一個平素不苟言笑的陰鬱之人，他一進到演鬧劇的戲院，立刻變了樣，喧鬧個不停。我們以有良知的觀眾姿態走進戲院看一齣鬧劇，卻無法欣賞在劇情演進中，個性不斷往好處發展的人物，理由很簡單，因為這是一齣鬧劇，而鬧劇的角色大致而言都是一般化的抽象人物，他不是一個特定人物，他的個性不管怎麼發展都是沒有意義的，甚至戲劇的處境和動作也是如此，一切就是為了當場搞笑而已。

一切鬧劇效果，並非像喜劇那樣來自反諷，而是來自人物個性的純潔無知，觀眾很快就可以融入戲中處境，和劇中人物打成一片。鬧劇中的純潔無知都顯得很虛幻，以致一個世故的觀眾一般都無法接受這樣的純潔無知，但事實上一齣鬧劇的真正樂趣卻是來自劇中人物個性的純潔無知，以及觀眾和他們打成一片，一般世故或高品味的觀眾卻做不到這點，所以只能將之排除在外，他們永遠無法在其中尋得樂趣，因為他們不屬於這個世界。他們也許努力到處或甚至在報紙上的評論中尋找對他所接觸的這齣鬧劇有意義的見解，證明他終究有真正被娛樂到了，他似乎也在其中尋到了某個層面的意義。其實像這樣的世故觀眾，他根本不必去尋求他人的意見，他對自己是充滿信心的，他很清楚自己有沒有被娛樂到，他有沒有在鬧劇中看出一點有意義的東西來，比如對人性的諷刺或是對時事的批判等等，多少影響到了情緒，他盡量避免情緒的波動，以免影響對事物的判斷，他要保持情緒的穩定。

在我看來，在「國王的子民劇場」演出的一些鬧劇絕對都是一流的東西，當然這只是我個人的看法，別人不一定要接受我的看法，我也不會因為外來的壓力而改變看法。我認為一齣鬧劇要成功，首先必須在演員陣容上面著手，至少要有兩個或三個極具表演才能和創作天分的演員領銜演出，再加上幾個很有活力的小孩，專門搞笑，還有幾個舞者，他們就飾演一般平常人，在劇場經理一聲令下，像高貴的阿拉伯馬，張開鼻孔並開始嘶叫，全都聚集到舞台上來，開始賣力表演，他們不是思考型的藝術家，他們沒有研究過笑的原理，他們只是一群愛搞笑的詩人，他們一頭埋進一片笑聲深淵當中，一股像火山爆發的力量將他們推向舞台，他們對自己要做什麼也沒什麼概念，一切交給源於自然力量的笑聲，他們提起勇氣去做出個人在獨處時想冒險去做的瘋狂事情，一切歸結到一片片的笑聲之中，他們知道他們的努力沒有止境，他們將整個晚上笑個不停，一直笑到我在努力寫下這一切時，還在不停地笑。

一個專演鬧劇的劇場只要有兩個天才就夠了，頂多三個，再多就會削減效果，就像一個人因過度緊張而死。至於其他演員，最好不必有什麼才能，甚至也不要有什麼吸引力，只當是團體的一分子，像德國版畫家鳩德維基以羅馬為背景的團體畫，他們最好有身體上的缺陷，身體有缺陷並不是壞事，比如弓形腿或膝蓋內翻腿，或是太高或過度的矮，這些缺陷常常是一齣鬧劇的突出點，所能產生的效果經常是不可勝數，意外的效果也是好到出乎意料，常常是最接近預期中的理想。有人曾把鬧劇中角色之人事工作分為官員、女服務生和掃煙囪的人等三種，這種分法既機智又顯得深刻，除非你是個偉大的思想家，否則必不能想到比這更好的分法，當這樣的分類不能遂行時，我們就要憑藉想像力來發揮作用了，讓其中所有分子皆能發展所長。像這樣子簡單分類，雖然符合日常生活的範疇，其實並不能滿足觀眾的理解力和想像力，可能觀眾並沒那麼聰明，或是也許他們根本就缺乏想像力。一般而言，舞台上展現兩種角色，一種是完美理想類型的化身，另一種是普通的一般類型，比較嚴肅的劇場較喜歡第一種類型，但大多時候，他們只能著重在角色的好看與否上面，比如臉蛋帥不帥，體格好不好，聲音迷不迷人，談不上這個角色的道德或個性之完美與否，這些對我來講並不重要，因為涉及到演員的表演才華時，這立即喚醒我身上的批評本能，那些舞台上的外在條件對我而言，已經不是那麼重要了，我要看演員表演才華的展現。我們想到蘇格拉底這位哲學家，他對人類本性算是有夠了解了，同時對自我的了解也算是夠深的了，卻無法確定自己是否比天神宙斯的敵手台風（Typhon）更加惡劣或更溫和。在鬧劇裡，可能由於某些次要角色的支撐，基於某些因素，使得該鬧劇能夠成功，我們不必超越現實去看太遠，一切就在眼前發生，觀眾以他們所見為準，事情雖然就發生在人造的戲劇舞台上，但所發生的事實則說明了一切，一齣鬧劇的成功經常是由次要角色所造成。在一齣鬧劇的次要角色裡，有時穿插一位女性角色的愛情插曲，觀眾也是很愛看的，這位女性角色必須漂亮，聲音迷人，走路樣子好看，讓人觀來賞心悅目，如沐春風。

一般來講，「國王的子民劇場」對演員的安排都很合我的意，要說有意見的話，那就是幾個次要演員，我感覺不那麼中意。但主要演員，比如像貝克曼和格羅貝克，我則無話可說，貝克曼是天才型的喜劇演員，但他的才華不在喜劇的藝術層次上面，而是在於搞笑，引發滿堂哄笑，可說是舉世無雙，而且搞笑不需別人的支援，也不需要音樂或道具的幫助，他從來都是單打獨鬥，一個人就可以鬧到屋頂掀翻，主要是情緒對了，他什麼場面都能搞得出來，他能夠完全掌控整個場景的氣氛。丹麥詩人巴格遜在一篇歌劇評論中說，莎拉．尼可斯一出場，就可以感覺到她後面拖著一整片鄉村風景，指的就是貝克曼這種狀況。在嚴肅的劇場上，我們難得看到一個演員能正經地走路或站著，貝克曼就是其中一個，他走路或站著就能搞出很多笑料，因為實在太正經了，可觀眾看著他這樣走著，就能在他身上經歷到各種經驗。

貝克曼背上揹著一個包袱手上拿著一個手提包出現時，神情自在，毫無倦容，我們立刻看到背景浮現一個煙霧瀰漫的村莊，一條小路圍繞著一個小池塘，旁邊就是一家小鐵鋪，事實上他是個來自都市的小工人，喜歡鬧事搞小淘氣，我們看到他出現在一個煙霧瀰漫的鄉間時，他背後隱藏的其實正是大都會的浮華。我們看《所羅門國王和帽匠尤根》（*King Solomon und Jorgen the Hatter*）裡頭的黎各醫生一角，都製造不出這樣的效果。的確，一齣鬧劇裡頭只要有貝克曼出場，製作單位可省下很多麻煩，比如少去其他多餘的搞笑人物以及道具等等。這位到處遊蕩的小工匠在劇中並不是一位發展型的角色，這是一位固定性格的人物，他從頭到尾是個定了型的人物，但他反而像個到處活動的隱姓埋名的人物，無名無姓，卻是輪廓鮮明，他有許多舞蹈場面，他跳起舞來，幾乎無可匹敵，沒有人比他更會跳舞了。他既會跳舞又會唱歌，他以前還是唱歌出身，但他並不想以此來感動觀眾，他還是喜歡以搞笑來取悅觀眾為樂，在舞台上這需要一點天分，而他正好就是一個這樣的天才。

一齣鬧劇在舞台上搞笑，需要從舞台兩側冒出大家所熟悉的聲音，所以貝克曼會為自己準備這一類的聲音，而他的聲音又特別好聽，但比起聲音，格羅貝克恐怕要略勝一籌，他的聲音更好聽又更宏亮清晰，他在舞台上所發出的一記聲音比得上哥本哈根娛樂公園的喇叭所發出的三記響聲，幽默效果顯然比貝克曼強多了，貝克曼的聲音有一種基本的野性，以及一種任性的聰明感覺，最後，奔向爆笑；格羅貝克剛好相反，他的聲音像是經由靈魂和情感才奔向爆笑點。我記得有一次看他在一齣鬧劇中飾演一個貴族家庭的土地管理員，為了表示他對這個貴族家庭的忠心，在一個鄉村的節慶場合，他準備要來好好表現鄉村生活的快樂，藉以美化他主人的仁慈心胸，就打扮成使神麥丘里，他穿著他的土地管理員制服，腿上綁著翅膀，頭上戴著鋼盔，他用一隻腳站著，準備要來唸一段詩文，狀至滑稽，格羅貝克不像貝克曼那麼會唸詩文，但一樣很會在這上面搞笑，而且咬字清楚，更容易引發爆笑，他雖不像貝克曼那樣，在一齣鬧劇裡是個挑大樑人物，但就鬧劇的搞笑水平而言，畢竟還是個天才人物。

我們走進「國王的子民劇場」，在第一層樓的包廂裡找到位置坐下，我們把心情放輕鬆愉快，這裡人不多，這和去看一齣戲的心情不一樣，去看一齣戲像是去接受一樁藝術的洗禮，把自己一輩子的救贖都寄託在那上面，但來看鬧劇心情必須很舒暢，不能有任何繁重的干擾。這裡的空氣很清新潔淨，沒有受到藝術品味者汗漬的汙染，也沒有藝術愛好者呼出來的濁氣，你肯定可以在第一層樓的包廂裡弄到只屬你一個人的包廂，要是不行，要是有讀者們想獲得我上面所寫知識的話，就不妨去舞台左邊五和六號包廂，後面有個偏僻角落，那裡有個獨立單人位置，感覺有點陰森，但等於是一個人一個包廂在看戲，非常舒服，你會感覺整個劇場是空的，樂團在演奏序曲，只有你一個人在看戲，音樂聲音在走道裡飄蕩著，有點陰森感覺，那個地方的確有些空曠。我們來戲院看戲不是在旅行，我們不是美學家，也不是批評家，甚至什麼都不是，我們只要求一件事情，希望能像坐在自己家裡客廳那樣舒服地看戲。這時樂團已經演奏完音樂，帷幕慢慢升起，另一個樂團的音樂聲也慢慢跟著升起，我們可以感覺到貝克曼正躲在邊翼後面，隨時會跳出來。我通常都坐在很後面的包廂席內，既看不到第二樓層，也看不到最高樓層的觀眾席，這兩個樓層就像一頂大帽子的陰影蓋住我的視線，每當這兩個樓層的吵雜聲傳來時，我只看到眼前一片烏黑，卻看不到聲音的來源，感覺非常詭異，眼前這片偌大的空間像是一個懸在那裡的一尾鯨魚的肚子，最高樓層的吵雜聲聽起來就像鯨魚從肚子裡發出的叫聲，當最高樓層開始騷動時，不必音樂聲或其他聲音的輔助，我們都知道，貝克曼在舞台上出現了。

我那難忘的奶媽，你就是住在流經我父親莊園小溪裡的美麗仙女，我小時候你常常陪我玩耍。你是我忠實的守護神，這麼多年來，你都沒變，永遠保持純潔天真，我變老了，你卻都沒變老。你是我的避風港，當我對眾人或對我自己感到煩膩時，我就跑去躲在你那裡，我要忘掉一切煩惱，我需要一個永恆的休息之地，當其他人都在拒絕我時，只有你永遠不會拒絕我，我想躺在你旁邊，我望著上頭偌大的天空，我迷失在你安詳的囈語當中。你就是住在流經我父親莊園小溪裡的美麗仙女，我像一支被遺忘的枴杖，被丟棄在那裡，你拯救了我並解放了我，我躺在你哀怨的囈語裡——我躺在我的包廂裡，像被脫掉的衣服，徜徉在一片喊叫聲和笑聲的溪流當中，除了我頭上的戲院空間，我什麼都看不到，除了戲院的吵雜聲，我什麼都聽不到，我會偶爾爬起來看看貝克曼，笑一陣之後累了，我就又躺了下來，躺在潺潺而流的小溪流旁邊。

這很有意思，我還是遺落了一些東西，但我發現一個廣大空間，並在其中看到了一個形式，這令我很高興，比《魯賓遜漂流記》中「星期五」的出現令魯賓遜高興還要高興。在我對面包廂裡的第三排坐著一個年輕女孩，被一對坐第一排的老先生和老太太擋住了一點點，這年輕女孩單獨來戲院看戲絕不是為了招搖，她坐第三排位置，穿著很簡單樸素，她披著一條大圍巾，把頭的一半包裹住，額頭沒被包住的地方往外突出，上面的頭髮很像幽谷裡的一排百合。我剛剛看完貝克曼，真的笑到骨子裡，現在還在餘波盪漾，全身還在顫抖著，全場的愉悅吼叫聲還未完全止息，我趁機離開座位起來走動一下，回來時眼睛忍不住搜尋起那位女孩的蹤影。她還在，一股清新感覺流遍全身，每當鬧劇的笑點引起一陣野性震撼時，我就特別留意看她，只見她溫和地笑笑，露出一副孩子般的純真表情。我猜想她大概跟我一樣，每晚都來這裡看戲，有時看到她時，心裡忍不住會想，這是一個歷盡滄桑的女人，用圍巾把自己緊緊包住，從繁華世界退隱下來，躲到自己的角落，睥睨眾生，可回頭一想，比如看到她的一些行為動作，忍不住會想，這倒比較像個純真快樂的小孩，未經歷人事，像現在，她根本不知道有人在偷看她和打量她，她這樣用圍巾包住頭的做法，只是為了好玩而已，她有可能還未成年哩，但這樣的騷擾，對兩方來講，可能都不是好事。

我在哥本哈根認識一個年輕女孩，她就住在離哥本哈根幾哩遠的地方，她住的地方有一個林木繁盛的林子花園，離這個花園不遠處有一處斜斜的灌木叢，從這裡可以輕易監看到花園裡的一舉一動，而不被發現。除了我之外，沒有人知道這個祕密，連我的馬車夫都被我騙過去了，比如我要來這裡時，會提早在前面下車，然後再走路過來。我晚上常常失眠，無法睡覺，每當碰到這種時刻，我就乘馬車徹夜到處漫遊，然後在天快亮的時候來到這裡，躺在斜坡的灌木叢上，萬物正在慢慢甦醒，我望著天空，看著太陽慢慢睜開眼睛，鳥兒準備振翅而飛，狐狸也正躡著腳步要徐徐出洞，農夫正站上門檻，瞭望他的田野，擠牛奶的女郎拿著桶子走下草地，農夫們在田野上揮動他們的鐮刀，發出悅耳的串串鈴聲，一日的辛勤工作正要開始，他們的鈴聲將是伴隨整日工作活動的音樂——這時候，年輕女孩走出她的房門，真能睡！白天工作那麼繁重，晚上可以那麼輕易入睡！早上又可以輕易離開床，整張床看起來又那麼清新舒適，好像從未有人睡過，她只是彎身把床整理一下而已。我們想一想一個人臨終時睡的床，母親事先像為小孩鋪好床墊和枕頭，好讓他可以輕易入睡。然後年輕女孩來到花園享受早晨的美麗時光，她跪下來在花叢裡摘下幾朵花，然後捧著花快樂地跳來跳去，若有所思般停下來，心無紛擾繼續跳下去，我的靈魂至此終於安頓了下來。快樂的女孩！哪位男人贏得你的愛，你就盡量使他快樂，正如同你什麼都沒做，也使我快樂一樣！

「護身符」一劇準備在「國王的子民劇場」上演，我以前看這齣戲的記憶立刻在我的靈魂裡騷動起來，一切記憶中的事物立刻在我眼前栩栩如生起來，好像是第一次發生那麼生動。這次在德國上演，我迫不及待衝去買票，結果不但買不到個人包廂的票，連靠左邊五和六號包廂的票也買不到，只得買靠右邊一般席次，必須和許多人坐一起看戲的座位，我旁邊是一個鄉巴佬的團體，搞不清楚這齣戲好不好看，一直擔心戲不好看，一群人在那裡坐立不安，看戲最怕的就是旁邊坐的是這種人，而且還是一群。那晚整個戲院大爆滿，我往常習慣獨占的單人包廂早已被占據，也沒見到那位女孩，也許早被擠到一旁去了。貝克曼始終未曾把我逗笑，我勉強待了半個鐘頭，最後只好離開了，心想我不再年輕了，不應該在這裡湊熱鬧，重複是不可能了，即使第一次來柏林之前，我都不敢期望那次的旅行會帶給我什麼意外的收穫，倒是這家劇場做到了這一點，我以為這會是永久性的，但這次我失望了，事情的結局跟我原先所期待的有所出入。

我帶著沮喪的心情回到住的地方，我的書桌和天鵝絨座椅一成不變擺在那裡，我有一股衝動想把天鵝絨座椅毀了，屋裡每個人都睡了，我會吵醒他們。當一張天鵝絨座椅和四周圍一切都不搭調時，你要它幹什麼呢？好比一個人戴著三角帽卻裸著身體，就這樣，我懵懵懂懂就上床睡了，房間燈光很亮，在半醒半睡朦朧中，我看到那張天鵝絨座椅一直在那裡，直到天亮起床時，我就做了夜裡決定的事情，我把那張椅子丟到一個角落去，從此不再見到它。

就這樣，我住的地方對我來講，變得很陰鬱無光，因為它的重複完全不對勁，我的思想變得很荒蕪，我焦躁的胡思亂想老是不停來騷擾我，老是不斷挑起我對上次的不愉快記憶，我出門前往上次來這裡時每天都去的一家咖啡館，去那裡享受如詩人所說的，「芳香、純粹、熱呼呼、爽口」的飲料，詩人將這種飲料比成友誼。我愛喝咖啡，他們都說這裡的咖啡一直很好喝，跟上次一樣，我可不這麼認為，我不喜歡今天的咖啡。燠熱的陽光從咖啡館的玻璃窗灑射進來，咖啡館裡頭的氣氛顯得很壓抑，我們好像被放在鍋子裡燜烤，有一陣風吹進來，好像一股小小的貿易風，提醒我不要去想重複的事情，儘管我機會多的是。

晚上我去一家上次來時常去吃飯的餐館吃晚餐，也許是熟悉的關係，我吃得很愉快。既然以前幾乎每晚都去那裡吃飯，自然對那裡會很熟悉，比方說，他們的熟客會在什麼時候離去，怎麼離去？會在內室或是外室戴上帽子？開門離去時會不會在室外把門反關上？沒有人能夠逃離我的注意，如同維吉爾的長篇史詩《伊尼德》裡的普羅斯平納，在每個人頭上拔下一根頭髮，包括光頭在內——每一樣事情都如同往常，在相同的餐廳用餐，坐相同的位置，一樣的笑話，一樣的禮節，一樣的老闆，總之，什麼都一如往常，沒有異樣。所羅門說，愛爭吵的女人像滴個不停的水滴，那麼，對這樣一成不變的生活，他要怎麼說呢？重複在這裡終於成為可能，老天助我！

隔天晚上，我又來到「國王的子民劇場」，唯一讓我看到的重複是：重複在這裡是不可能的。柏林的主要街道到處煙霧瀰漫，幾乎看不出人和人之間溝通的可能性，讓人覺得很沮喪，我不管走到哪裡，幾乎都是寸步難行。我想起上次來時那位很吸引我，在街旁跳舞的小舞者，還有在布蘭登堡大門前面彈奏豎琴的盲者，除了我沒有人理會他，他像是一件扔在那裡的灰色外套，而不是一件會引起我深深鄉愁的淺綠色外套，他看起來很像一棵哭泣的柳樹，他在我面前迷失了，卻充滿人性的感情，教區指導員的美麗鼻子變成一片蒼白，A．A．教授，穿著一條新褲子，看起來像是軍褲。

幾天下來每天重複這些，我開始感到不耐煩，老是不斷重複，我決定回家。幾天下來我並未有什麼重大發現，只發現並未有什麼真正的重複這回事，我嘗試各種可能的重複，才終於發現這個事實。

家應是我的最後希望，德國詩人兼醫生科納有一次講了一則故事，他說有一個人有一天突然對家感到厭煩，就騎馬往野外奔跑，想要永遠脫離這個家，可騎馬沒騎多遠，竟從馬上跌了下來，從遠處看，還是覺得家是最漂亮的，就再上了馬往家裡方向奔去。我的心情跟這個人一樣，還是決定回家過一成不變的生活，我知道家中所有的一切正在重複地等待著我，我向來不喜歡革命，也就是說不喜歡改變，以家務來講，我不喜歡任何形式的清潔或擺設形式的改變，比如我就很討厭擦洗地板，我離開時就特別交代僕人必須遵守我所制定的保守原則，結果怎樣了呢？我僕人的想法和我不一樣，他認為房子非整頓清潔不可，我一離開家他立即著手清理房子，他預計等我回來時，清理工作應剛好告一段落。我站在門口，伸手按門鈴，僕人來開門，臉色蒼白得像死人一般，我從半開的門縫瞥見屋裡一團混亂，我大為吃驚，僕人一臉困惑，不知如何是好，他的良心在啃食他，他突然把門關上，把我阻隔在外面，真是太過分了，我很生氣，我很擔心像一齣戲裡主人回家時，被僕人當成鬼一般，我終於真正了解在生活上真沒重複這回事。

我覺得很丟臉，我以前對待這個僕人很嚴厲，現在我感覺我變成是他，我以前對他說的一些傲慢的話，我不想在這裡重複，好像曾經發生在夢境裡，現在就要由他重複說出，而事實上我是絕對不允許這種重複的。是否一個人年紀越大，對人生越感覺失望，越聰明的人就學到越多自我幫助的方法，越無助的人越痛苦？小孩最無助，但是他會懂得自救。我記得有一次在街上看到一個奶媽推著一輛嬰兒車，裡面有兩個小孩，其中一個小嬰兒顯得很無助，看起來還不到一歲大，窩在一旁睡著了，另一個是個小女孩，大概有兩歲多，白白胖胖，穿著短袖襯衣，儼然已經像是個小女人，她在嬰兒車內占據三分之二的空間，另一個小嬰兒看起來像是她身旁的一個小包裹，這個小女孩看起來像是個自我主義者，只關心自己舒適與否，其他一切一概不管。這時一輛馬車突然從另一邊的斜坡衝下來，這輛嬰兒車眼看著就要被撞上，情況非常危急，一旁的行人紛紛想上前救護，所幸奶媽及時將嬰兒車推到一旁一戶人家的門口，包括我自己在內，每個人都驚嚇不已。經過這一番波動，嬰兒車內的小女人卻完全不為所動，面不改色，鎮定如常，她心裡可能這樣想著，這關我什麼事，這是奶媽的問題啊！我相信年紀再大的人怎麼樣都不可能像她這樣，碰到這種事情還鎮定成那個樣子。

人的年紀越大，就越了解生命，因此也就越講究舒適，簡單講，人越是有力量，就越是不滿足。一個人不可能完全絕對處於真正滿足狀態，因此，追求滿足是一件沒有意義的事情。想想看，一個人有可能在一輩子當中有半個小時以上時間是處在完全滿足狀態的嗎？我們一無所有時，會以為有食物和衣著就滿足了，事實不然，我們會想要更多，然後永遠得不到滿足。有一次，我幾乎經驗到了這樣的感覺，那是有一天我早上醒來，心情非常愉快，隨著整個上午時光的流逝，我這種愉快的情緒一直不停擴散發展，這是以前從未經歷過的經驗，中午一點鐘時，我的愉悅情緒達到了頂峰，我的滿足感覺也跟著達到了前所未有的頂點，筆墨難以形容，我的身體好像失去了地心引力的作用，在空氣中輕輕漂浮著，我的每一根神經都鬆懈了下來，一切顯得非常和諧，隨著脈搏的輕輕跳動而改變節拍，並提醒我此刻存在的喜悅，我走起路來有如輕風飄過原野，有如雲朵飛過天空，如夢幻般的海浪在海裡翻騰著，我的身體變得像無底深淵的海洋那樣透明，像夜裡自我滿足的寧靜，日裡溫柔的獨白。我靈魂裡的情緒跟著輕輕唱和，每一個思想，從最愚蠢到最深刻，以及每一個印象，都帶著祝福從我的身體冒出來，一切的存在都瀰漫著愛，在我身上輕輕微顫著，我身上的一切都帶有預兆，所有的神祕都會轉化，轉化為最醜陋和最令人嫌惡的評論和景觀，以及最致命的碰撞。

我前面說過，中午一點鐘時我的情緒來到最高點，完美滿足的最頂點，就在這時，我的眼睛好像突然沾到了什麼東西，是睫毛、一隻小蟲還是一粒灰塵，我的情緒跟著跌到了絕望的深淵，凡是有過和我類似經驗的人，情緒曾經來到滿足的最高點，然後冷不防又跌入最低點，就可以了解我所述說的感覺，以及情緒的滿足可以走到什麼地步。自那次以後，我就放棄尋求完全滿足的可能性，退而求其次，尋求偶爾性質的滿足的可能性，好比莎士比亞戲劇《*Troilus and Cressida*》一劇中酒店的「酒保算法」屈指可數的數目字，非常有限。

早在我認識上述年輕人之前，我早已知道這些，每當我問我自己，或是這問題自己冒出來，問道：人的全然滿足是否可能時，或只要半個鐘頭就行。我每次都無言以對，恰恰也是大概那個時候，我正全心全意熱衷於「重複」的概念之思考，我因此而成為我理論熱情的犧牲者，要是不如此，也就是說，我如果不是藉此一旅行要去解決我的問題，我那次的柏林之行應該會更快樂一些，甚至應該會得到很大之快樂的。可我向來不喜歡平庸，我必須了解一些重要原則，我不能和大家穿一樣的衣服，到處溜來溜去，我要穿帥氣的靴子。是否每個人，包括精神的和世俗的演說家，詩人和散文作家，老闆和伙計，英雄和懦夫，都同意生命是一股洪流？人們怎麼會想出這麼愚蠢的一個概念，甚至還將之提升為一個準則？我那位年輕朋友這樣想：隨他去吧，這總比老是想著重複的概念好吧，至少他可以得回他的所愛，好比一個情人唱著通俗小調，希望一切重來——重複，也好比被剃掉頭髮的尼姑去要回頭髮。他就是要重複，他要到了，卻也因此殞命。

小尼姑跑著走過來，
臉上披著一條雪白面紗；
她的頭髮被剃掉了，
她的嘴唇又薄又蒼白。
年輕人頹喪地癱了下來，
他坐在一個隔開的石頭上，
他搖頭並掉下蒼白眼淚，
分離讓他心碎。

郵車的喇叭萬歲！這是我哄騙人的工具，可以製造出多重的音調，永遠不怕會重複，我什麼都不必說，卻又想好好解釋這一切。放在嘴裡吹奏的喇叭，如果用心吹奏，就不必擔心重複。他不必和朋友說什麼，為了取樂他就直接把喇叭遞給他，什麼都不必說，卻又想好好解釋一番，讚美郵車的喇叭！這是我的象徵物，如同老苦行僧會把人的頭蓋骨放到他們的桌上，我也把郵車喇叭放到我的桌上，這令我想起人生的意義。郵車的喇叭萬歲！不必費心去走這一趟旅程，因為你不必去從一個地方移到另一個地方，只是為了證明重複是不可能的，你只需要安安靜靜坐在客廳就行，因為萬物皆為虛無，一切終將化為烏有。即使你在客廳坐著不動，心裡想去哪裡都可以比坐火車更為輕快迅速，萬物將提醒我此事，我的僕人將穿郵政制服，不坐郵政專車，我就不去參加晚宴。再會，再會，我豐富的年輕希望！你為什麼急著離開？你在搜尋的東西並不存在，和你一樣，是不存在的。再會，勇猛的力量，你為什麼要那麼用力敲擊地板？你只是在敲擊你想像的幻影而已。再會，堅忍不拔的決心，不要回頭，你一定會達到你的目標。再會，你這森林美人，我想見你時，你卻融化不見了！去吧，你這奔騰的河流！只有你才知道你想要的是什麼，你所想要的是讓自己一路不停奔流入大海，大海是永遠無法填滿的，你迷失在那裡了！繼續玩吧，人生的戲劇，沒有人叫它喜劇，也沒有人叫它悲劇，因為戲還未演完，沒有人知道結局。繼續玩吧，你這有關存在的戲劇，人生就像是借貸，無法償還。從來沒有一個人從死裡回來，這是怎麼回事？因為生命不像死亡那樣迷惑人心，也不像死亡那麼有說服力。是的，死亡具有極大的說服力，人無法和它爭辯，我們只能讓它滔滔不絕地說，因為沒有人說得過它，而且還不能表示反對，或是拿生命來跟它辯駁。喔，死亡，你的辯才真是偉大，即使是古希臘時代號稱是「死亡辯士」（the Death-Persuader）的哲學家Hegeisias of Cyrene（約西元前三百年左右）在面對你時，總是要誠恐誠惶，每次談到你都要戰戰兢兢，並勸人永遠不要跟你作對。

愛情的陷阱

光陰荏苒，我的僕人，像個肯負責任的家庭主婦，努力把先前做錯的地方糾正過來，在我的宅內重新樹立單調統一的新規矩，比如不動的東西都一概置放到固定的地方，會動的像我的鐘、僕人和我自己，也都設定一定活動的範圍，比如在我的公寓宅內，設定一個可以讓我走來走去的空間。儘管我已經認定重複是不可能的了，頑固的本性再加上觀察所得的愚蠢結果，成為固定不移的現象，這比夢幻的隨意消遣更加令人驚異，而且隨著時間的遞嬗，跟魔術的咒語一樣，其令人驚異的程度有增無減。龐貝城的挖掘文物顯示出，災難發生時所有的人和物品都在其正在動作的位置上，我如果活在當時，考古學家們也許會發現我當時正踱著方步走來走去，同時一邊走路一邊測量距離，而感到訝異，我在房間裡甚至像當時的羅馬皇帝圖密善手上拿著蒼蠅拍走來走去，在房間裡追打那些飛來飛去的蒼蠅，我很同情那三隻蒼蠅。我當時的生活就是這樣，遺世獨立，也覺得我被世界遺忘了。有一天，我接到我那位年輕朋友一封信，往後幾個月又陸續收到一些，但我始終搞不清楚他到底住在哪裡，他似乎也不想讓我知道，他想保持他的神祕性，他寄給我的信大約中間相隔一天到三個星期不等，我看得出來他不想要我回信，即使我回信了，他也懶得理會，他就是只想抒發胸中的悶氣而已。

從他的信我可以知道，事實上我早已經知道，跟每一個沮喪之人一樣，他極度敏感，也很容易動怒，我更進一步知道，他疲憊不堪。他希望我能夠再當他的知己，其實他根本不想，他感到焦慮，他覺得我高他一等，會給予他安全感，這卻又令他感到不舒服。他既想跟我吐露祕密，卻又不要我回覆消息，他甚至也根本不想見到我，他要我保持緘默，「全然而高貴的緘默」，卻又為我能夠保持這樣的緘默而生氣。沒有人會知道我是他的密友，他自己並不知道，他也不想讓我知道，他只是很有禮貌地暗示我的精神有毛病，對這樣大膽的說法我要反應什麼呢？我越說什麼只會徒然加重這種說法的正確性，可我如果什麼都不說，在他眼中看來，這更有可能更是精神發狂的新證據，我不想被影響，更不要被冒犯，這是我多年來訓練自己對人類的知性興趣所能獲得的唯一回報，而且還始終堅持著我的信念。有一陣子，我曾試圖幫忙他建立這個信念，如今要來驗收成果了——那就是，我既將是「存有與虛無」，也將不是「存有與虛無」。他夾雜在所要的和不要的之間，我必須幫他解決此一內在衝突。在這「不合理的要求」（Zumutung）當中，對自我的間接認識讓他感到不高興，這可比當他知己困難的程度還要困難，我如果拒絕和他通訊，這將會是對他一大冒犯。在很遠古的古希臘時代，有一個神祕教派，叫做 **Eleusinian Mysteries**，不僅背叛者要受罰，違反出席入會儀式之規定者更要接受重罰，因為你冒犯了整個團體組織的教化和尊嚴，根據古希臘專家學者的記載，當時有一個叫做

Demonax的人，他想加入這個神祕教派，卻冒犯了後面這個罪則，這是個哲學家，他在入會時說，這個神祕組織如果有價值，我們就會需要它，反之則否。他後來還是透過一個能言善道的辯護團體的幫助而逃過了懲罰。我這位年輕朋友，我是他的知己，我的處境比他嚴峻，他純潔而神祕，我做跟他一樣的事情時，他都很憤慨，我則保持靜默。

他如果認為我已完全忘了他，那就很不公平。他的突然失蹤，讓我害怕以為他在絕望之下有什麼不測，後來想，這樣的事情不可能這麼久沒被揭發出來，我一直沒讀到什麼或聽到什麼，這表示沒事，他應該還活著，就是不知道藏在哪裡。被他拋棄的女孩對他的行蹤也是一無所知，他就是不肯出現一下，把事情解釋清楚，女孩也不肯表示一下她的痛苦，就慢慢沉入像夢幻一般，像行屍走肉，已經搞不清楚是怎麼回事。這女孩成為我新的觀察對象，我的年輕朋友不是那種會先折磨所愛再加以拋棄的那種人，剛好相反，他剛失蹤那一陣子，她所呈現的面容是容光煥發，充滿活力，完全沒有被折磨過的痕跡，甚至還瀰漫著他所賦予她的詩意，很難得碰到一個被遺棄的女孩還能擁有這樣的面色，就在他宣告失蹤幾天之後，我碰到她時，她就像剛從魚缸裡釋放出來的魚那樣，活蹦亂跳。我直覺認為他一定還活著，他並未裝死藉以逃避這一切，一個男人以裝死來逃避一個女孩實在是很悲哀的一件事情，對女孩而言，也實在是很大的一種冒犯，一個女孩可能會嚴肅宣稱，她會因為受情人之欺騙而悲傷致死，但請注意，他也許不是一個騙子，對整樁事情他可能有他的正面解釋，他可能會去做的，即使在平時怎麼樣也不可能做的，就是極力強調他絕不會欺騙她，她輕易相信他，這令他感到訝異，他認為這是修辭學上的一個玩笑，因為如果她真的相信他，她就在他身上犯了一個大錯。她起先以為他死了，她為此感到哀傷，她為他哭泣，誠摯地為他掉眼淚哀悼，可當她發現他還活著，且從未想到尋死時，她的確為她曾經為他的死誠摯地掉眼淚哀悼而感到嫌惡，她也許不相信來世，但她總是希望她的哀傷可以喚回她愛人的生命，這樣的材料可以當作喜愛古希臘喜劇作家阿里斯托芬（Aristophanes）和古羅馬時代諷刺作家琉善（Lucian）的來世論者的寫作題材，人死了怎麼可能復生呢?你再怎麼為死者悲傷也是徒然。

我會喚起對整樁事情的回憶是因為有一天，我突然接到了他的一封信，這樁回憶並非一無可取，我在回信抱怨說我受到了干擾，因為他在信中提及他此刻正擁有一個極令人眼紅的祕密，有一百多隻眼睛正盯著它看。當我們在一起時，他還沒開口講話，我就立刻猜出，他想謹慎而拐彎抹角地說我「很奇怪」，當然我是觀察者，必須隨時準備面對這一著，他必須懂得為告白者提供某種小小的保證，一個女孩在告白時總是希望能得到某種正面的保證，男孩則相反，他希望得到的是反面的保證，這是基於陰性的謙遜和奉獻以及陽性的高傲和任性的理由，好一個舒適的情況，當一個準備出面給予建議和意見的人受到干擾時，情況正是如此。不必感到羞恥，就當作和一棵樹講話好了，如果有人問起就說「咱門是為了好奇去做這件事」。一個觀者必須裝得輕鬆自在，否則沒有人會願意和你開誠布公溝通，特別是不要裝出一副開口和閉口都是道貌岸然樣子。大家都說，這個人已全然腐敗，他經歷了各式各樣的腐敗經驗——因此，我對他沒有什麼不好說的，我高他一等。事情就是這樣，除了意識之外，我對人一無所求，我秤這些意識的重量，如果夠重，無論什麼代價我都願意付出。

在我大略讀過這封信之後，我可以看出，這樁戀愛事件留給他的印象比我想像的更為深刻，當然他一定還隱藏了一些話沒對我講，他可能覺得我「很奇怪」，而我現在受到了干擾，這可是兩回事呀！事情果真如此，現在留存在他身上的，大約只剩下宗教精神了。愛情真會把一個人帶向無遠弗屆，我常常想證實的是：「存在是一種無邊際的遼闊現象，其控制的力量遠遠超過一切詩人所能教導我們的總和。」這位年輕人所接受的教導正是如此，而且他生性聰明，我敢保證他絕不會被浪漫愛情所束縛，當然就此一方面來看，例外是肯定會有的，而且不受一般狀況所限制。他有極高的想像力，他的創造力一旦被喚醒，人生已經走到一個地步，能夠正確看清楚自己，並且將自己投注在智能想像力的發揮，結合舒適的家庭生活，這似乎是浪漫愛情的最佳補償，既可避開愛情的痛苦和致命打擊，又能感受浪漫愛情所賜予的甜蜜感覺，但這樣的愛情可不是那麼適合女人，卻很令人嚮往。也許他的前輩子是個女人，等到他這輩子被生為男人時，帶著前世的記憶來到今世今生。愛上一個女孩，對他而言，既困擾又懊惱，也許這個女孩就是上輩子的他，現在的他愛上了以前的自己，這對兩者而言，都不是很愉快的事情。另一方面，他是個很鬱悶苦惱的人，這會阻擋他接近女孩並保護他自己避免受騙，然而憂鬱的氣質所形成的謙遜姿態總是會讓他吸引住女孩，然後自己跌入陷阱，如果一個女孩成功吸引住他，並為此洋洋得意時，他會自問：你這樣做是不是不公平，放下身段走向她，然後再欺騙她，是不是害了她？該為跟這些女性玩遊戲道歉說再見了。現在情況卻奇怪地改變了，他來到她身旁，認定她身上所有優勝的品質，比她更知道如何呈現所有這些品質，他簡直比她自己更崇拜這些品質，她所能展現給他看的就是這些了，不能再多了。

我從未想到他想從這樁愛情事件中掙脫出來，會那麼的困難。然而，存在是很微妙的，這女孩曾經吸引他的，並不是她的魅力，而是他曾經錯待她，擾亂到她的生活，並因此而悔恨不已這件事情。他曾經毫不考慮後果地去接近她，但他事先早已知道，這樁愛情不會成功，然後他更進一步發現，沒有這樁愛情，他也不會更加地不快樂，他現在就是忘不了他曾經錯待她，她明明知道會有這種下場，還是硬著頭皮去接近他，這一切說來應該就是他的錯，如果他曾經很公正，被這樣問道：「女孩就在這裡，你愛上她想追她是嗎？」他肯定會這樣回答：「未必盡然，我已經知道會有什麼樣的結果。」我們總是永遠忘不了這樣的事情，他要是不想自我欺騙，整個處境就是應該如此表現，就人情世故的角度來看，他認為他的愛情應該不會實現，他已經來到奇蹟的門檻，如果真的實現，那就真的是奇蹟了，事實上，可能他並未想到會有什麼困難，恐怕都是我自己憑空想像出來，他是真的愛這女孩，還是這女孩不過是感動他的另一樣東西而已？對他而言，他所關心的，並不是所有物或是所有物的延伸問題，換言之，他並不在意占不占有問題，好比說，她明天要死了，他也不會感到難過，他並不覺得有什麼損失，但他還是想回到她那裡，關鍵是他還是不想離開她。他認為他只要回到她那裡，他們之間的所有問題都可以迎刃而解，一切都可以妥協。事實上這女孩並不是真正的實體，她單單只是他身體內部的一道反射而已，但他卻又無法否認她對他的重要性，他無法忘記她，她的重要性不是她個人本身，而是在她和他的關係上面，她是他存在的極限，但他們之間的關係並不是色情的。從宗教角度看，她是上帝派來捕捉他的角色，她並不是真正的實體，也許她比較像是漁人釣竿上的餌，專門用來引誘魚兒上鉤的，我敢大膽肯定，即使他和她始終都黏在一起，他的思維從來沒離開過她，他根本就不了解她，不管她是多麼美麗可愛，多麼忠誠體貼，他可從未花費心思在她身上，要說他會為她感到幸福喜悅，除了性關係之外，其他一切可真是乏善可陳，他所關切的始終是他自己的榮耀和尊嚴問題！他倒沒想到他那幼稚的焦慮習慣可能會傷害到他的榮耀和尊嚴，也許他同時期盼這事能為他的個性上帶來一點損害，比如被他愛過的女人批判他為騙徒，這雖然沒什麼，他大可輕易回擊，畢竟還是一種損害。不知道他能否忍受這個，我當時還不是很了解他，也許他隱藏了什麼，也許他有付出真愛，也許他打算以把我殺了來終結這一切，因為他曾經對我吐露他最神聖的思想，大家可以看到，做一個旁觀者畢竟還是很危險的，但我倒是盼望，基於我對人類心理學的興趣，能夠把那個女孩藏起來，然後跟他說她和別人結婚了，我敢打賭他會心平氣和對我解釋，他愛這女孩，他尊重她的決定。

這整個讓他困惑的問題，不多不少恰恰正是重複的問題，他未在古希臘或現代哲學上尋求這個問題的澄清是正確的，希臘人會做出相反的動作，一個古希臘人會毫不猶豫且毫不受良心影響而選擇記憶來處理令他困惑的問題，現代哲學不做任何動作，一般而言，它還是會引發一番小小騷動，但這種騷動都是內在的，而重複則是一種超越，還好他並未從我這裡尋找問題的澄清，我當時已經放棄了我一度想要發揚光大的理論，對我而言，重複太過於超越了，我可以繞著航行，卻始終無法自我超越，我找不到古希臘數學家阿基米得的點，幸運的是，我的朋友並不向當代世界著名哲學家或大學教授尋求澄清問題，他反而在一個私人思想家那裡尋求庇護，他找上了一個叫做約伯的思想家，這位思想家向來以特立獨行和大膽敢言聞名於世，他在大學裡並無教席，他就是躺臥在他的陶瓷碎片裡發表他的驚人言論，他相信他已經找到了他所想要的，這個僅包括約伯夫妻和三個朋友的小團體，他相信他們所發現的真理，論其光輝燦爛和真實的程度，絕不亞於古希臘時代的研討會（如柏拉圖者）所發表的言論。

儘管他還會在我這裡尋求幫助，卻什麼都沒得到，我不能有任何宗教性的動作，這違反我自己的本性，但我不能因為這個理由而否認這種動作的真實性，正如同我不能否認有時年輕人能教導我們一點什麼，他如果因此而能成就一點什麼，相信他就不會對我有什麼怨言。我同時不能否認的是，我對這件事情想得越多，對這女孩的感覺就越不喜歡，老是覺得她一直想激發他的苦惱，如果真是這樣的話，我可不敢苟同，她要付出慘痛代價，存在對這種行為的報復經常是很嚴峻的。

我的沉默的好友！

八月十五日

你一定會覺得奇怪，竟然會突然接到我的來信，因為你長久以來都認為我已經死了，早就把我忘記了。除此，我並不期待你還會有什麼好訝異的，我猜想你會立刻想起發生在我身上的不愉快愛情事件，是的，沒錯，正是！可你一直表現得很鎮定，好像完全事不關己，我的血液可要沸騰了，我就是無法鬆懈下來，你好像透過什麼奇怪的力量把我囚禁了起來，能夠和你談論我的事情，讓我感覺安慰輕鬆，我好像在跟自己或某種概念談話。當我說出自己的一切並感到安慰鬆懈時，卻突然發現，站在我面前的是一位高智能的人物，表情堅定，不苟言笑，我感到十分害怕。一般來講，人都不愛把自己心中的苦楚洩漏給別人知道，他要的是沉默，我卻對你和盤托出，我敢說這正是我的情況，但當我發現你的沉默時，比墳場還安靜，裡頭不知藏了什麼祕密，我又害怕了。你了解每個人的處境，你也知道他們的祕密，從來不會搞混亂，我開始後悔曾對你透露一切，老天，還包括我的哀傷和苦惱，我最初的想法是希望你能洞悉我的處境以及這一切所代表的意義，而能給予我最好的意見，你並未讓我失望，因為你抓住了整樁事件的要點，比我更清楚我自己的處境，可下一刻我卻失望了，儘管你有絕對的優勢，有洞悉一切事物的本領，我還是失望了。如果我有本事的話，我真想把你和我關在同一個籠子裡，接受我完全的掌控，我會經驗到每天看到你而感覺到最痛苦的焦慮不安。你身上有一股魔鬼的力量，可以誘惑一個人去冒險，去追逐他身上本來沒有的力量，去期盼變為不屬於他自己的樣子，去追逐由於燦爛微笑所給予的獎賞。我會期盼白天和你一起度過，整個晚上都聽你講話，只要你在場，我就什麼動作都不做。你可以隨便講一句話便干擾任何事情，我沒這本事，也不敢，我沒有勇氣在你面前承認我的弱點，如果我這樣做了，那就表示我是全天底下最懦弱的人，我將喪失所有的一切。你以一股無法形容的力量攫住了我，讓我既怕你又崇拜你。可我有時候卻又覺得你好像是瘋了，但也不是什麼心理疾病，或是由於情感打擊或不良記憶所引起的心靈失衡，都不是，和一般神經失常的人絕對不同，也許你是晚上失眠，無法正常入睡，既不想睡覺又不想做夢？——說來矛盾，我現在不想見你，可沒有你在身旁卻又覺得難過，因此只好寫信，希望沒有干擾到你，你不必回信，我在信裡並未附上回信地址，這也是我所想要的，我感到安全，同時心裡對你充滿感激。

你的計畫很棒，簡直是無懈可擊，這有時讓我想起你曾經為我未來所塑造的英雄主義形象，就怕我沒有這個力量往這個方向邁進。我感到欣喜若狂，甚至還為此跌入幻象的狂喜，我真沒想到會因為一個女孩而這樣差點影響了我的一生。然而沒有，我變成了一個混帳傢伙，我變成了一個騙徒，我犧牲了我的榮耀，到頭來將她棄之不顧。一個人竟然會無緣無故，讓自己成為混帳角色，不要自身的榮耀，去成為一個騙徒！然後更以比人類喋喋不休更妙的方式去從事修理對方的行動！以此方式去成為一個英雄，不是從世俗而是從自己的眼光去看，無法引起他人的興趣和注意，然後去躲在自己個性的堡壘裡，自己當自己的證人和判官，甚至當自己的控訴人，是的，自己的控訴人！以自己一時的想法賭注在自己的未來上面，以人性角度看，實在是很不理性的行為，全都為一個女孩！如果如同你所建議，把這一切都轉化為騎士風格或色情行為，可能是最奇幻的一種冒險，怎樣都無所謂，畢竟這全是你個人的事情，全都與他人無涉。這個提議讓我沉思良久，這當然並非出於你的熱情思索之結晶——你和熱情！我猜想這個想法有可能來自你讀過的一篇騎士故事，裡頭竟然還包含有色情的成分，這令我感到相當驚異。

可惜我不是藝術家，沒有那種力量在這上面好好表現，還好我們並不常見面，即使見面了也大多在很隱密的地方，而且都在室內，你會坐在椅子上，可能在房間的角落裡，手上拿著書在讀，顯然與我們的事務無關，然後開始我們的談話，圍繞在我和女孩子的事務上面，感覺有點無趣，很冷淡的樣子，日復一日，我們在為女孩編織謊言。不知道女孩曉不曉得我們在設計謊言要欺騙她，她曾數度流著眼淚懇求我，乞求我以我的榮耀、我的良心、我此生和來世的幸福以及此時此刻心靈的平靜為憑，不要欺騙她，我每次一想到這件事情，就感到背脊發涼。

我永遠忘不了你對我所提的建議，實在令我著迷到無法反對，「如果這女孩能夠行使她的權力，」你說道：「我們就要讓她能夠行使這個權力，甚至要去幫助她，我們要以騎士風度對待她，讓她擁有防衛能力去保護自己，萬一發生什麼差錯，我們就當作沒看見。」這是真的，完全正確，可惜我並沒那麼理性，你這樣說道：「我們老是周旋在勇氣和懦弱的矛盾衝突之間，想來真是愚蠢，我們害怕看到任何可怖的東西，卻老是有勇氣去做這些事情，你離開女孩，這很可怖，你卻有勇氣去做，你看到她臉色蒼白，你看到她流淚，也看到她痛苦的樣子，你還是離開了。如果你知道你想要的是什麼，想要到什麼地步，你就應該注意看看你們之間的爭論，而不是一味只想溜開，因為你認為你的想像比現實情況更愚魯。事實上你是在自我欺騙，你沒看到她後來痛苦的樣子，你只是想像，而你的跳動的想像在你開始想像她的痛苦時，又非常不一樣，因此你變成在自我欺騙了，你感覺到了她的痛苦和折磨是無與倫比的。」

你所言甚是，你的每一句話都是正確的，卻很冷淡又很富邏輯性，好像來自死人一般，所以無法說服我和感動我。我很衰弱，我真的很衰弱，並不是那麼強壯和豪勇。想一想每件事情，想像一下你處在我的地位，別忘了你愛她正如同我愛她那麼多，我相信你會勝利，你會到處受歡迎，你會克服所有的恐懼，你會愚弄到她，接下來會發生什麼？如果你不那麼幸運的話，就在你結束你的掙扎那會兒，你的頭髮會變灰，你的靈魂將在一個鐘頭之後離開你的身體，根據你所擬定的計畫，你將繼續欺騙，我十分確定，你會成功。你不怕你會發狂嗎？你不怕迷失在叫做「輕視人類」的可怕狂熱感情之中嗎？就這樣，你就好好走在這條道路上，要忠實，把自己塑造成一個騙子，繼續欺騙下去，嘲弄著人們不停吹噓的可憐東西，同時也嘲弄所有的世上好東西，但盼每個人都能忍受這種事情！你有沒想過，你會經常半夜醒來，喝一杯冷開水或坐在床旁，把這些事情從頭到尾在心裡搬演一遍？

我已經開始我的計畫，我覺得我不可能實現這計畫，我必須尋求別的手段，我在半夜裡偷偷離開哥本哈根，前往瑞典斯德哥爾摩，根據你的計畫，我不應該這樣做，我應該光明正大地離開哥本哈根，試想她可能就在大白天來到那裡，就站在海關大樓門口，這讓我感到不寒而慄，想像我先看到她在那裡，然後才看到船的引擎發動，我真的要發瘋了，我相信要是你，也絕對無法保持冷靜。你如果知道她會出現在海關大樓，想必一定會帶著你的女裁縫師，如果有必要，你不會只是買通一個女孩和你一起來，你會直接就誘惑她一起過來，因為你愛她，你想要好好服侍她，因此你就實實在在誘惑一個女孩，並真的把她一起帶了過來。你說你有一次半夜突然醒來，卻不認得你自己，把自己和你在進行此一欺騙行動中所使用的一個角色搞混，你認為這是很平常的事情，沒必要去為這種事情傷腦筋，你甚至暗示這和女孩無關，她也許表示出她忽略了你的情況，比如說她只關心自己而不理會別人，但這並不意謂她有罪。我的看法和你不同，難道她從來都不想一下有什麼事情是她該做的嗎？她忽略了什麼而不該像我一般為自己負點責任？即使她表面看起來無罪，她還是該負起一些責任的，她甚至到處都是罪，我這樣講，對她會太嚴酷嗎？如果說我在這裡必須做點什麼，我寧可表現很生氣，大吵大鬧，也不要只是發表不痛不癢的責備。

不，不，不！我不要，不要，我什麼都不要！我什麼都不想做，不，不，不！信就挺立在那裡，一封靠著一封，冷冷地懶散地站立著，可我根本都不想看。要是我站在你身旁，我希望能夠像莫札特歌劇《唐・喬凡尼》最後那樣，能夠對你大聲說一聲「不！」。可我就站在你面前，除了一聲「不」之外，其他什麼都說不出來，因為我想說什麼時，你都會一直冷冷地說「是的！」「是的！」來打斷我，我完全沒有說話的機會。

結果我所做的更為平庸，甚至更為拙劣，嘲笑我吧！當一個泳者要潛入水裡之前，先潛水游離桅桿，做一番艱難的體操，然後再下水，同時之間，另一個水手必須跟他一起做體操，然後再跟著下水——我根本不需要看第一個水手的動作。有一天，我不聲不響失蹤了，我搭上一艘輪船前往斯德哥爾摩，我在沒有人知情的情形下偷偷溜走了。老天在上，那女孩根本得不到解釋，沒有人跟她說我怎麼了，你好像有見過這女孩，可我從來沒對你提過她的名字，我也從來沒寫過她的名字，因為我一動手寫，手就怕得開始發抖，你見過她嗎？她臉色蒼白，也許已經死了？她很傷心嗎？也許她捏造了故事，藉此來安慰自己？我想像她的頭往下垂著，一副很難堪樣子，唉呀，我東想西想，就是一團胡思亂想，我想像她的雙唇很蒼白，我很喜歡她的嘴唇（雖然從未吻過，只吻過她的手）。她是否很疲倦，陷入沉思狀？她像小孩那樣快樂嗎？寫信給我吧，我懇求你，不！不要！我不想接到你的信，我不想聽到關於她的消息，我什麼都不相信，我任誰都不相信，甚至對她也不相信，即使現在她本人出現在我面前，比以前更信任我，也一樣，我不會更快樂，我不相信她，我會認為這是個騙局，只是設計來嘲弄我或是安慰我。你有見到她嗎？不！不要！你最好不要見她，也不要干預我和她之間的愛情，否則咱們走著瞧。每當有一個女孩子變得不快樂時，許多飢餓的怪獸就會突然跟著出現，他們會藉寫小說來滿足他們心理上的飢渴。但盼我敢於把來沾我水果盤上水果的蒼蠅趕開，這盤水果對我而言，比以前的任何水果，比如桃子，更甜更好吃，再熟透的時刻裡，好像穿著絲絨的衣服。

我現在要幹什麼？我再從頭開始，或從尾巴開始也行，表面上我逃離外在環境對我的影響，實際上我的靈魂卻是日夜都繼續醒著在和環境糾纏著。我從不提她的名字，我要感謝命運讓我在偶然機會獲得一個假名，事實上這個假名是她的，但願我不要這個名字，我自己的名字就足夠喚醒所有的東西，我的整個過去都離不開這個名字。我離開的前一天，剛好在報紙上讀到一則啟事：「因為計畫改變，一條十六碼長的黑絲巾求售。」怎麼會有一條這麼長的黑絲巾要賣？可能原來是結婚的行頭？也許我也有可能因為計畫改變，登報求售我的名字？也許有某個有權勢的傢伙，取走我的名字，然後有一天，再把名字丟還給我，上面裝飾許多不朽的榮譽，我會把它扔了，扔得越遠越好，我會再要求一個沒沒無聞，不具任何意義的名字，像以前他們給孤兒院小男孩取的編號，比如十四號等等，要一個不是屬於我的名字，對我有什麼好處呢？即使是一個屬於我的光輝燦爛的名字，又有什麼好處呢？

一個受賜福的光輝燦爛名字，
比起一位年輕女孩胸中吐出來的愛的嘆息
會更有價值嗎？

我現在要幹什麼好呢？我白天睡覺，夜裡躺在床上醒著，我活動勞作個不停，我是幹家務活兒的勤勞典範，我弄濕我的雙手，腳踩著踏板，轉動輪子，讓紡錘動起來——我在織布。可我夜裡什麼時候可以把我的紡織車推開，它根本就未曾在那裡，只有我的貓才知道我的紡紗怎麼了，我看似活動個不停，不知疲倦，可是我弄出了什麼沒有？比較起來，礦坑裡的碎礦機都比我有用。總之，你如果想了解我的情況，想知道我為什麼一直在活動，卻什麼都未曾弄出來，那就請看看下面的詩句：

雲朵在天空中來回飄蕩著，
它們看起來好像很疲憊很沉重，

它們像海浪一般往下俯衝，
陸地上的小山丘成為它們的墳墓。

我不需要再對你多說什麼，或者更正確地說，我應該對你再多說一些，以便讓你更加了解，我那不斷在浮動的思慮是真的瘋了。

如果我什麼都要扯上，這封信就會沒完沒了，至少會像一個厄年那麼漫長，或是像《傳道書》上所說：「我的日子沒什麼樂趣」。事實上，我隨時都可以在任何地方停下，就像我在紡織時隨時可以剪斷我的紡紗一樣，老天在上。一個相信存有的人，他會有信心完成任何事情，就像一個手上拿著一頂簡陋帽子祈禱的人，把帽子遮住眼瞼，很確定可以藏住自己的感情一樣。

耑此，你永遠忠實的無名朋友，知名不具。

我的沉默的好友！

九月十九日

約伯！約伯！喔！約伯！你真的沒說過比下面這句更漂亮的話：「上帝給的，上帝已經拿走了，以上帝之名讚頌」？這是你唯一吐出的話？你接下來在苦惱時只是不斷重複這句話？你為什麼七天七夜都不吭聲，你的靈魂怎麼了？所有的生物都像陶瓷碎片般匍匐在你跟前，你是否立刻有一種高高在上的超人感覺，你是否立刻將愛詮釋為大膽的信任和忠誠？你將一個悲痛欲絕的人阻絕於門外，你曾答應他將賜予他幸福的生活，可如今除了悲慘的解脫之外，他對你是不是一無所求？你現在無話可說，事實上除了官方那一套說法，帶有施捨性質的那一套說法：上帝給的，上帝已經拿走了，以上帝之名讚頌。除此之外，你是沒什麼好說的了，要不頂多像對打噴嚏的人說聲：上帝保佑你！不！你年輕時，曾經是被壓迫者之劍，也曾經是老者和弱勢族群的夥伴，情勢很惡劣時，你從未讓人民失望——你為那些受苦受難的人發聲，並為他們撫慰痛苦，你為他們的受苦受難見證，並挺身和上帝對抗，我們為什麼要隱藏這些事實呢？哀傷的寡婦和孤兒，緊抱他們的家當，不知何去何從，只能對著上帝哀鳴求助，然而對上帝的畏懼只有讓他們更加無所適從，哀傷的人們再也不敢抱怨上帝？他們對上帝的畏懼越來越大？當今人們都認為，一切的痛苦哀傷，以及激情的語言，都應該留給詩人去表達，他們就像法庭上的律師為他們的客戶去為他們的案件辯護，除此之外，什麼都不必講了。因此，說吧，令人懷念的約伯！把你說過的話再重複一遍，你這無敵的代言人，像隻獅子一般在最高法庭的法官面前怒吼！你的言論犀利尖銳，胸懷虔敬，即使你在對朋友表達抱怨或絕望之情時也是如此，你的朋友像一群賊，想用他們的言語推翻你的抱怨和絕望言論，甚至想激怒你，一概通通被你擊倒，你抨擊他們對上帝的守衛，把他們當作一群老朽的僕人那樣對待。我需要你，你知道如何大聲抱怨，讓聲音直達天庭，上帝正在和撒旦商討祂對一個人的計畫，上帝無視於你的抱怨，因為祂並不怕有人抱怨，事實上也沒有人敢於對祂提出任何抱怨。說吧，提高音量大聲地說吧，雖然上帝可能說得比你大聲，因為祂有雷神，祂會跟你回話，正正經經，當一回事，祂的回話也許會擊斃一個人，即使被上帝的雷神擊斃，都比那些由老太婆和蠢蛋所捏造和散布的天意附身要更為榮耀一些。

我那令人難忘的恩人，受盡折磨的約伯！我可以加入你的行列並好好傾聽你嗎？請不要把我丟開，我並未規規矩矩站在你的火爐旁邊，我掉眼淚哭是真的，我只有面對你時才會哭。就說吧，一個快樂的人在尋找快樂，好比一個憂傷的人在尋找憂傷，他所尋找的快樂和憂傷都是內在的。我從不擁有這個世界，也從來沒有過七個兒子和三個女兒，我只有一個兒子，他擁有很少，卻喪失一切，他感覺他喪失了所有兒子和女兒，他喪失了他的所愛。他感覺好像被疼痛所擊倒，他喪失了榮耀和尊嚴，這是他活著所要依賴的東西。

你最忠實的朋友

知名不具

十月十一日

我的沉默的好友！

我再也無法忍受我的生命，我討厭存在，索然乏味，沒有加鹽巴，也沒有意義。

即使我比皮埃洛飢餓，希望也不要俯下身去吃人們所提供的解釋，有一個傢伙把手指插入地裡，只為了確定他是在什麼地方。我把我的手指插入存在——什麼感覺都沒有。我在哪裡？「世界」是什麼？這個字的意思是什麼？是誰把我騙來這裡，然後又把我丟在這裡？我是誰？我是怎樣來到這個世界上的？為什麼沒有人問我？為什麼沒有人告訴我遊戲規則，然後逼迫我出賣靈魂？我是如何介入這個叫做「現實」的偉大事務的？為什麼我會介入呢？我無法自己決定嗎？一定非得強迫我加入不可？經理在哪裡？我要向他抗議！沒有經理嗎？我要向誰抗議呀！畢竟存在是一項重大的爭議，你們一定要考慮我的意見，如果我們要把存在看成其本來樣子，那麼最好就不要去理會別人所告訴我們的樣子。騙子？這是什麼意思？西塞羅就把所謂的騙子定義為：誰獲取好處啦？（cui bono？）大家想想看，我把我自己和那位年輕女孩搞得那麼不快樂，我有得到什麼好處沒有？罪惡——這又是什麼？是巫術嗎？我們說一個人有罪惡，難道會不知道這是指什麼嗎？有哪一個紳士敢說他身上沒有半點罪惡？回答我呀！

我的心靈已經癱瘓了，或者可以更準確地說，我發瘋了？有時我覺得很累，很遲鈍，感覺好像我已經死於冷漠，另有時候我像發狂一般，全世界到處旅行，只為尋找一個可以讓我發洩怒氣的人，我整個人陷入了自我衝突之中，我是怎麼變成有罪的？我沒有罪吧？我用各種語言說出我有罪，這真是人類語言的可悲發明，明明說的是一樣東西，可意思指的卻是別樣東西！

是不是根本就沒有在我身上發生什麼事，整個過程根本就談不上是個事件？是否我事先就已經知道，我整個人正在經歷某種變化，正在成為另外一個很不一樣的人？是否隱藏在我靈魂裡頭的某樣東西正要爆發開來？如果這東西是隱藏著，我如何能預見它要爆發開來？假若我不能預見這事，那就表示我是無辜的，如果我崩潰了，我是否就是無罪？人類稱之為語言的胡言亂語都是一團胡說八道，只有少數和自己同黨派的人才能了解，像啞巴的動物就比較聰明，他們從來就不會胡說八道——我是個忠實的人嗎？如果她繼續愛我而從不想去愛別人，這就表示她是忠實的，如果我也繼續愛她而不想去愛別人，這是否表示我也是忠實的？我們都做相同的事情，為什麼她對而我錯了呢？我卻要被貶為騙徒，同樣是人類的語言，卻對一件相同的事情做出不同的定義，說她是忠實，而我是個騙徒？

即使全世界都反對我，整個學術界都和我爭論，即使我的人生被貶低了，我還是對的，即使我找不到一種語言可以陳述這層事實，還是沒有人能夠剝奪我的這項權利，因為我的所作所為都是正確的，我對她的愛不能以結婚與否來衡量，我如果這樣做，會令她崩潰，當然，這對她也有可能是個誘惑，我倒是忍不住很想這樣做。當現實的情況一進入，一切都瓦解了，也太遲了。對我而言，她的現實只不過是在我智能旁邊奔跑的一道陰影而已，她存在的全部意義都寄託在那裡，這樣一個陰影有時讓我想笑，有時卻又造成對我的干擾，可當我真正抓住她時，這道陰影就會消失，我什麼都抓不住。她的生命是否就此浪費了？在我看來，就像死去一般，是的，她會引誘我的靈魂去期盼她的死去，然而，就在我要真正接觸她的實體並進一步要去理解她時，我卻把她粉碎了，這可怎麼辦？人類所創造的語言說我有罪，因為我本來應該可以預期這一切會這樣發生的。

到底是什麼力量想要以毫無意義的方式奪取我身上的榮耀和尊嚴？我迷失了嗎？不管我做了什麼，或根本什麼都沒做，他們就是要判我有罪，同時硬要說我是個騙徒？也許我瘋狂了？最好把我關起來，人類的最大懦弱就是最怕被說成發瘋或是快要死了。發瘋是什麼意思？我要怎麼做才能博取一個布爾喬亞階級該受到的那種尊敬，然後被認為智能高超？為什麼沒有人回答我？我承諾任何人如果能給出不同的新穎答案，我將給予一個像樣的獎賞，我準備了兩組正確的答案，你們只要正確回答其中一組即可獲獎，有沒有人聰明到可以回答兩組以上答案？要是都答不上來，是否意味著說我是瘋狂和不忠實、是個騙徒，而女孩是忠實，理性，並且值得尊敬，是沒有意義的？或是由於我前面把事情處理得當而大家起來反對我？謝謝大家！當我看到她因為被愛而心生喜悅之時，我自己也陷入浪漫之愛的魔力之中，然而，我這樣做錯了嗎？是否我根本就不應該這麼做？難道她都沒有錯嗎？也許還有第三者，他甚至從頭到尾不停打擊我，把我變成另外一個人，但還是有許多其他人讚賞我——也許把我變成一個詩人是對我的補償，我不要任何補償，我只要求我的權利——比如我的榮耀。我不想成為詩人，也不想為了成為詩人而付出任何代價，也許如果我有罪，我可以以成為詩人來救贖我的罪，請告訴我我該怎麼做，這整個世界把我當小孩一般拿一隻昆蟲來跟我玩，我應特別為這件事情感到後悔嗎？或是也許我應該把這整樁事情忘掉？忘掉一切，就當作我從來沒有來過這世上。要是我不顧榮耀和尊嚴而和我的所愛生活在一起，沒沒無聞，沒有人知道我的存在，這真不知道會是什麼樣的人生？也許我的人生會是一團混亂？然後我會被世界屏棄於門檻之外，最後默默以終。我為什麼要出生？我從未要求啊！

在生活上飲食只限定在麵包和水的人比我富有，我忍不住在想，就人性的角度看，這是相當嚴格的節食行為，我卻能甘之若飴，我滿足於以自我小宇宙的姿態施行大宇宙的事情。

我不喜歡和人交談，也不想和他們聯繫，我想給予他們比聊天或金錢更有價值的東西，我從古代希臘和羅馬的不朽作家那裡蒐集到許多詩句、簡潔的警句、格言以及美文節錄等等，我同時還從「孤兒之家」所贊助出版的巴勒的《教義問答》節錄出許多精彩句子，如果有人想問我什麼問題，我隨時準備奉答，我隨時可以引用這些古典作家的話語，特別是當代的巴勒的《教義問答》，「不管我們是否得到了我們所期待的榮耀，都不要驕矜自滿。」我不欺騙任何人，有多少人總是講實話，總是從事有意義的活動，「我們每次講到『世界』這個詞彙時，要記得它包括了『天』與『地』，還有所有的萬物。」

我這樣說了老半天，到底有什麼好處？沒有人了解我！我的痛苦和折磨無可言喻，真是苦不堪言。我雖然始終不具名，但我知道我對你還是具有一些意義，並且永遠留在那裡。

你永遠忠實的朋友，知名不具

十一月十五日

我的沉默的好友！

沒有了約伯，我真不知道該怎麼辦！我實在無法完整講出他對我的複雜而細緻的意義，我讀他的態度和讀其他書的態度不一樣，我全心全意把眼睛盯在書本上，我以千里眼的獨特方式滲透入書中每一句話的深層意義，加以細細咀嚼。好比一個小孩晚上睡覺時，把學校課本放在枕頭底下，以便隔天一早醒來時可以立刻拿來好好細讀，我也是這樣，每天晚上睡覺時都把《約伯書》放在枕頭底下，以便隔天一早醒來時就可以立刻拿來讀。約伯所說的每一句話，對我而言，都是每日的伙食，更是我那可憐靈魂的救助者，每當我昏昏欲睡時，他所說的隨便一句話都可能立刻把我驚醒過來，然後安撫我那焦躁不安的靈魂，撫慰我心中莫名的恐懼。你讀過約伯嗎？請讀吧，並且要不斷反覆地讀，我無法在給你的信中對你陳述他有力的話語，即使只是重複他的話語，對我而言也是一件快樂的事情，首先是哥德式的人物，然後是拉丁式，形式各有不同。每次一抄寫他的東西，就感覺是上帝給我最大的撫慰，但我不能當著別人的面引用他，那我就有僭越之嫌，當我獨處時，我可以不斷引用他，但當有第二者在場，我們都了解，當一個老者在講話時，一個年輕人會有什麼樣的反應。

在整本《舊約聖經》裡，沒有一個人物像約伯那樣，我們能夠以信任和大膽以及充滿安慰之希望的心情去接近他，只因為他渾身充滿人性，而且他就躺在詩的邊緣，他等於無處可宣洩他的痛苦情緒，如同索福克利斯筆下的悲劇人物**Philoctetes**，在跟隨希臘大軍遠征特洛伊時，半路上被蛇咬到，只得被拋棄在荒島上，不能繼續他的遠征事業，只能竟日抱怨，眾神也是束手無策。以**Pilocetes**的處境和約伯相較，他們身上的概念不斷在動，代表什麼意義呢？

請原諒我什麼事情都要告訴你，你是我的好友，卻又什麼都不能回答，這事要是讓人知道，我可會難過死了。在夜裡，我可以讓我的房間點滿蠟燭，我可以大聲朗讀，甚至大聲嚷叫，約伯的隨便一個篇章，也許我可以打開窗子，對著全世界大聲朗誦約伯所說的話。如果約伯是個詩人，從來沒有一個人像他那樣朗讀，那麼我就要全部將之據為己有，對外宣稱這都是我的話，問題是，有誰能夠像約伯那樣滔滔不絕？有誰能夠像他那樣，將他自己所說的話全部證實為真？

儘管他的書我已經不知道讀過了多少遍，可每次再讀的時候，總還是覺得每句話都很新穎，都具有相當的原創性。我像個醉漢慢慢吸吮我感情的狂喜，直到大醉為止，我完全一副迫不及待樣子，我的整個靈魂完全沉浸在他的思想和話語當中，好像丟棄物丟入海中，迅速觸及海底，然後就留在那裡不動。

有時候我會比較安靜一些，我什麼都不讀，我坐著，頭垂下來，像一座俯瞰萬物的廢墟，我覺得自己像個小孩，把房間弄得大亂之後，抱著玩具坐在角落裡，然後我心頭浮上了最詭異的情緒，我不懂什麼東西使得大人的情感沸騰起來，也不懂他們在爭吵什麼，但還是會忍不住側耳傾聽，我猜想他們中了邪。我忍不住放聲大哭，這個世界太令人感到害怕，生命和人們把我的靈魂擠壓得快要喘不過氣來。

我醒過來，使出全身力氣再去認真大聲讀他，我突然停下來，什麼都沒聽到，也什麼都沒看到，只隱約看到約伯和一些朋友坐在那裡，旁邊有一些煙灰和土堆，沒有人說話，這片靜默裡好像隱藏著一團沒有人敢說的可怕祕密。

然後這片靜默被打破了，約伯的痛苦靈魂突然發出不斷的大聲喊叫，我聽得懂他在喊叫什麼，因為這些喊叫的內容早已被我據為己有，就在此一同時，我感受到了我的自身矛盾，我對著我自己笑笑，好像在笑一個穿著父親衣服的小孩，其實這並沒什麼好笑。也許除了約伯之外，有人會這麼說：「我們可否宣稱自己的權利，藉此來反對上帝所頒布的權利，正如同我們可以藉宣稱自己的權利來反對鄰居的權利。」然後我全身充滿害怕，好像我還不了解未來我將要了解的，好像我要讀到的可怖東西早已在那裡等著我，好像我讀了這些可怖東西，亦將把恐怖帶給我自己，好比我們讀了某些有關疾病的東西，自己也會生那樣的疾病一樣。

十二月十四日

我的沉默的好友！

任何事情都有其時機，我的狂熱病已經過去了，我此刻正處在痊癒的過程當中。

約伯的故事的奧祕在於，他的力量強勁，核心準確，真正的概念是：他永遠處在正確的位置上。他是人類行為的一個例外，他的堅忍不拔力量把他一路推向所向無敵的境地，任何有關人類行為的解釋都不適合於他，他所有的苦惱只有他自己能夠承擔，他和上帝之間只存在著詭辯關係，他不能解決的問題只有上帝才能夠幫他解決，任何「以人身外在條件為原理之辯證法則」（argumentum ad hominem）一樣不適合於他，他只堅持自己的信念，勇往直前。他聲稱他和上帝的關係很不錯，他也知道他心靈最深處很純潔無辜，只有上帝了解他的這層祕密，因此一切的存在都反對他，這是約伯之所以偉大的地方，他身上的自由熱情從不會被壓抑或錯誤表達，許多人如處在和他相同處境，這類身上的自由熱情早就被壓抑住了，也許他身上的羸弱心智或瑣碎焦慮會逼他相信，他這樣做是為了他的罪惡的緣故，事實上並不是。當這世界想的和他所想的不一致時，他的靈魂缺少一種堅忍的性格來與之對抗。當一個人為了他的罪惡而去受苦受難時，這樣做法可能很美、很真實和很謙虛，但他同時也可能在隱約中把上帝看成是個暴君，他會毫無意義地把上帝置放於種族論底下去檢視——但約伯絕不會這麼做，他不會把他的不幸全推給上帝，他要昭告世人，即使上帝在不斷試煉他，他還是很愛上帝，上帝不會為了他的緣故而去改變世界，他還是會表示他的寬大胸懷而去繼續愛上帝。其實，這是一種完全魔鬼式的激情，其中包含有心理學的要素，也許是為了避免無謂的爭吵，也許是為了自私的理由，只是為了表示自己在情感上的正直堅強。

約伯繼續堅持他是對的，也不過是為了昭告世人，他的高貴和大膽的人類情感，他了解人是什麼，雖然細緻高貴，卻都像田野裡的花朵，很快就凋謝了，但在爭取自由這件事情上面，卻是偉大的，其意識良心絕不是曾賦予他生命的上帝所能隨意奪取，除此，約伯還宣稱，他擁有對上帝的愛和信任，只要他願意，上帝從不會拒絕和他對談。

約伯的朋友容許他做許多事情，他和他們之間的爭論就像是一種清洗，正足以試驗他所作所為皆為合宜的想法是否為正確，如果他缺乏力量或技巧去試驗他的意識良心，而驚嚇到他的靈魂，同時缺乏想像力去為自己感到害怕，觸碰不到他最內在的部分，而感受不到罪惡感和違規行為，這時他的朋友可以以最清楚的暗示方式幫助他，以反對態度控訴他，就像神杖，把他最深層的良心意識喚發出來。他的不快樂是他們的爭論要點，也是他們之間的事務核心，人們會想，約伯可能已經瘋狂，也可能已因悲慘處境而崩潰，他要無條件投降了，這時他的所有鄰居毫不為所動，其他人都因疲倦而退出時，他們繼續和他糾纏，他們期待他悔恨並要求寬恕，好讓所有事情都回歸正確位置。

約伯始終緊緊附著在他的位置上，他聲稱他已得到允許可以離開這個世界和人類，可人們並不這麼想，但約伯堅持己意，他到處說服朋友，希望他們可以諒解他（「請你們同情我！」）（請見《約伯書》，第十九章二二一節），他用宏亮聲音驚嚇他們，但於事無補，他痛苦所發出的聲音越來越大，壓過了朋友們的抗議聲音，但沒有人理會，大家喜歡看到他受苦，那是他應得的懲罰，他們希望他了解，他接受懲罰是應該的。

我們要怎麼解釋約伯的聲明呢?我們的解釋是這樣:這整樁事件是個試煉。然而,這個解釋卻製造了一個新的困難,我以下面的方式來澄清我的論點。學術研究說明了存在的現象,以及人和上帝的關係,是什麼樣的訓練能夠在名之為「試煉」的人和上帝關係中占有一席之地,這只是個人的行為嗎?事實上根本沒有這樣的訓練,只是我們必須讓個人知道,這樣的訓練,即使有的話,最後必然導向試煉。任何人如果腦中存有存在和意識之概念的話,就可以了解,這樣的試煉並不如說的那麼容易,也不如說的那麼容易超越,要說能夠支撐下來,那也是相當不容易的了。這整樁事件首先從喜劇的故事演變而來,然後賦之以宗教之內容和宗教之名,並置放在倫理的核心當中,最後成為一個「文本」,在這之前,「個人」並未以思想之名的形式存在,任何的詮釋都是可能的,各種激情的漩渦隨之啟動,只有那些尚未心存概念或沒什麼有價值概念的人,最終才真正解決了他們的問題,好比在哲學領域裡那些新手,匆匆忙忙翻了半個鐘頭的大綱就直接下結論一樣。

因此,約伯的偉大絕不是他說過:「上帝曾經給予的,現在要拿回,讚美上帝。」他一開始這樣說,可後來就沒再重複說過。約伯的重要性在於他在爭論信仰的必要時，他所提出的他的一套獨特見解，他展現了他那無可匹敵的反叛力量。

約伯絕不擺出一副信仰英雄的姿態，他表現得很冷靜，他的主要貢獻在於人和上帝的巨大爭論中，他重新設定範圍，在這綿延不絕的可怕鬥爭中，衍生出魔鬼在約伯和上帝之間的介入，也就是所謂的「試煉」。

這場稱之為試煉——的長期鬥爭，既不是美學的，也不是倫理學的，更不是教條主義的，它是完完全全超越的，把個人置放於和上帝的實質對抗關係之中，在此一對抗關係當中，個人絕不滿足於有關上帝的二手詮釋。

有不少人手上即握有這樣的範疇（試煉），隨時準備釋出，然而他們卻又不懂這是什麼東西。一個人也許在理論上對這個世界有某種世故的理解，可在真正觸碰它之前，卻必須迂迴許多彎路，最後才抵達目的地，約伯的情況正是如此，他能夠在很早之前即迴避狡猾的世俗倫理，展現出至為寬廣的世界理念，但至終還是必須面對上帝所給予的試煉。約伯並不是一個忠實的英雄，他經過一番巨大痛苦，終於誕生出一個「試煉」，但他不想像一個小孩那樣，那麼迫不急待。

我知道這樣的範疇就是為了移除人和永恆之間稱之為「試煉」的關係，這個肯定並未為我解除任何疑惑，因為我發現這場試煉有其時間限制，在一定時間之內完成，它永遠無法超越在時間之外。

這是至目前為止，我所能理解的範圍，既然我要對你無話不說，當然也就把這些寫進信裡，你知道我對你一無所求，但盼能永遠保持是你最忠誠的朋友！

知名不具

我的沉默的好友！

一月十三日

暴風雨終於過去——雷聲終於停止——約伯被貶為人類一員，他和上帝終於取得諒解，最後互相妥協了，約伯好像又回到了年輕時代，「上帝的奧祕」再度附身。人們開始了解約伯，他們來看他，和他一起吃麵包，他們同情他並安慰他，他的兄弟和姊妹都送給他一塊銀元和一只金耳環。約伯再度受到祝福，上帝甚至給他比以前給的多了兩倍之多，這正是我所謂的「重複」。

一場暴風雨畢竟還是會給人帶來好處！被上帝懲罰是多麼榮耀的一件事情！我們常看到，當一個人在被矯正時，經常會變得更加頑固，可當上帝在訓誡你時，你會忘記一切痛苦，你會覺得這是愛的教育。

誰會想到會有這樣的結局？但除了這結局之外，誰也想不到可能還會有什麼別的結局。事情本來就應該會這樣，當思想停止，語言沉靜下來，所有的解釋都陷入絕望時，這時來一場暴風雨是必要的，誰能了解這個？有誰還能想到別的？

約伯當時錯了嗎？是的，他錯了，他沒有更高法庭可訴求，他的最大錯誤是他面對的是上帝。

因此重複是可能的，什麼時候呢？沒有人說得準，對約伯而言，有可能發生在什麼時候？從人性的角度看，不可能的機率很大，當然也是有可能，但機率不大。隨著時間流逝，約伯的處境越來越不利，他慢慢在流失許多東西，包括希望在內，緩和控訴的力量越來越稀薄，對他的強力指控反而越來越強勁，眼看著他似是無計可施了，許多朋友，特別是畢爾達德（Bildad），都勸他唯有接受懲罰一途，好好接受重複的事實，但約伯並不想這樣做，他身上的結變得越來越緊，最後只得靠一場暴風雨來解除了。

這則故事令我感到很安慰，你不覺得我未接納你那聰明可讚賞的計畫，是很幸運的事情嗎？也許從人性的角度看，我這樣做顯得很懦弱，但我想獲得天意的幫助，似乎只有這樣做才是最為可行。

我如今只剩下後悔一件事情，那就是我始終未曾向那女孩要回我的自由，我相信她會很樂意這麼做，也就是把自由還給我，有誰能了解一個女孩的心胸寬大？我因為尊敬她，未曾對她如此要求，也從未為此感到懊悔。

沒有了約伯，我不知道該怎麼辦！我不想再多說什麼，以免給你造成任何壓力。

你忠實的朋友

知名不具

我的沉默的好友！

二月十七日

我此刻坐在這裡，我在祈求無罪（好像小偷的語言常說的那樣），像國王為了好玩的祈禱詞，我實在不知道，我只知道我此刻坐著，一動不動，很興奮嗎？還是很沮喪？我不知道，我只知道我坐在這裡，完全不動，已經一個月了，我連動一下腳都不動，就一直坐著。

我在等待一場暴風雨——還有重複。如果來一場暴風雨，我會很高興，即使我所說出的話與重複無關，也沒什麼關係。

這場暴風雨會帶來什麼後果？可能會使我變得更適合當一個丈夫，也有可能毀了我的本性，使我變得更不認識我自己，我整個人就毀了。我不會隨意搖動身體，即使一隻腳站立也不會，我的榮耀屹立不移，我的尊嚴也獲得救贖補償，但我卻改變了。我希望我的記憶力能維持不變，繼續不停安慰我。我真正害怕的是，這會比自殺還糟，因為這會大大干擾到我的生活，讓我不知所措。我擔心暴風雨真的不來，如果不來，我就受騙了，我還不想死，頂多裝死，讓親友們來埋葬我，我會靜靜躺在棺材裡，心中懷抱著希望，當然不會有人知道我裝死，否則他們怎能埋葬一個還活著的人？

我要努力把自己轉變成為一個丈夫，我坐著，把自己打點得乾淨俐落，看起來很瀟灑可親樣子。每天早晨我都把焦躁不安的靈魂擺一旁，但沒有用，焦躁的靈魂很快又回來。每天早晨我都把鬍子刮得很乾淨，讓自己看起來一副帥氣模樣，但沒有用，第二天早晨我的鬍子還是又長了出來，我記起我自己該做的事情，就像銀行記起每天要補充新鈔票，以便銀根的流通，但還是沒什麼用，我把我所有智慧財產都投入變成婚姻現鈔——唉呀，價值卻變得越來越小。

我知道我存摺裡的存款已經變很少了，我不想再多說什麼。

你忠實的朋友——知名不具

雖然很久以來，我早已放棄這個世界，不再空談理論，但我不能否認的是，我對這位年輕人的興趣還是讓我免於陷入搖擺不定的心性，我看出他正處於完全誤會底下在努力做什麼，卻完全一場徒勞，他所遭遇的苦難來自於一個錯置的既痛苦又寬大的胸懷，而這樣的胸懷卻只存在於詩人的腦中。他在等待一場暴風雨，這場暴風雨將把他變成為一個丈夫，也許會是一次神經質的崩潰，他會這樣說：「這女孩非走不可。」說實在話，這是一個很好的女孩，我要不是年紀太大，還真希望他能把這女孩讓渡給我，我等於幫了他一個大忙。

他為他沒有執行我的「聰明計畫」而感到高興，這是他的行事風格，即使到現在，他仍沒能看出，這是他唯一做對的事情，我們不能要求他應該怎麼做，值得慶幸的是，他並未要求我給他寫回信，和一個手中握有像暴風雨那樣一張王牌的人通信是一件可笑的事情，但願他擁有像我一樣的聰明，這正是關於這件事情我所要說的意見。要是他所預測的每件事情都能如期發生，並賦之以宗教意義，那是他的事情，我不能反對什麼，畢竟能做出人類之聰明才智所能預期的任何事情會是一件好事，只有我才能做到這一點，也只有我才能幫助那女孩，現在要她忘記他可能更加困難了，很不幸的是，她並未大叫，來一陣大叫總會好一些，有時大叫對事情反而有幫助，就好比挫傷了，流點血反而會好一些，我們應該允許一個女孩可以大叫，把胸中的鬱卒發洩出來，這樣她會比較容易忘掉她的不幸。

他並未遵循我的提議去做，這使得她坐在那裡並陷入了哀傷，我了解這對他而言是一件很嚴肅的事情，要是有一個女孩對我也是這麼忠誠，我會很怕她，比什麼都怕，就像自由愛好者害怕暴君那樣，她會成為我不停焦慮的來源，她會像我的一顆蛀齒，隨時提醒我痛苦的存在，她是理想的典範，她會引發我的焦慮，因為我太驕傲而無法忍受有人比我更堅強。她如果始終停留在理想典範的高峰，我會讓自己停留在一個定點而不願意再繼續前進。也許有人無法忍受這種她從他那裡劫獲的痛苦崇拜，而變得對他充滿妒意，這時，他會盡其所能尋求各種方式來拖垮她——和她結婚。

儘管她像往常一樣不斷反覆地說：「我一直都很愛你，現在我不得不承認。」（她必須強調「現在」，因為這話她已講過幾百遍），「我愛你比愛上帝更多。」（在一個敬畏上帝的年代，敢於這樣說很不尋常，雖然她並不常說），他一點都不覺得困擾。最理想的狀況是，她不要死於哀傷，要盡可能維持健康，可能的話，也要讓自己快樂，而且要維持住自己的感情，去接納別人並非好事，這是懦弱的表現，這是單純而平民化的德行，不是中產階級的風格，對生活具有藝術眼光的人會很不屑於這樣的行為，這是無法更正的行徑，即使結婚七次亦然。

他很後悔沒跟她要回自由，即使要回了也是無濟於事，因此他大可省去這層麻煩，他可以盡可能單單只提供給她彈藥來和他對抗，跟她要回自由和提供給她使用是截然不同的兩回事。我們在此可看出他其實是個詩人，對一般女孩而言，詩人生來就是蠢蛋，她就曾當著他的面說他是個蠢蛋，即使如此，他還是相信她的本意是很高尚的，他因而覺得很高興，他認為他是福星高照，還好他們並未導向性愛，雖然這是合法的，否則最後就離不開婚姻了，因為她的態度很嚴肅，她有上帝的保證，這一切都是合法神聖的，沒什麼好難為情，許多女孩子處在她的地位，碰到這種狀況時，即使對方會百般誘惑她，還是會加以排斥的，一般人處在性愛的誘惑之下時，會祈求上帝的幫助，在喪失理智情急之時，會努力求得超越永恆的救贖——假設這個女孩有這樣做，他必將終生難忘，他會拿出騎士精神來應對，我給什麼意見都沒用了，他這時只相信女孩，女孩的一切才是他的永恆價值，事後我們才發現，這一切顯然都誇大了，帶有抒情的即興創作，以及感情的娛樂作用……這時他的高尚心性總算發揮了作用。

我的這位朋友是個詩人，一般詩人都對理想女性懷有某種瘋狂信仰，而我是個散文作家，我對異性有我自己的看法，或者說根本沒什麼看法，因為我很少碰到一個在生活上會和高智能攀上關係的女性，一般女人都缺乏會崇拜某人或鄙夷某人的分辨能力，一個女人在欺騙某人之前會先欺騙自己，我們實在找不出任何標準去衡量一個女人。

我這位年輕朋友將會了解，我對他的「暴風雨」實在沒有信心，我相信他如果遵照我的計畫行事，結果應該不會太差，其實這個計畫的概念在他的戀愛中間始終未曾間斷過，我才一直和他糾纏不清。我在這計畫中所使用的概念可說是衡量事情的標準計尺，而且是世上最可靠的計尺，誰在生命中使用了它，便不可能欺騙，欺騙的人就是傻子。我的概念瞄中了目標，在我想來，這個年輕人和他的女孩，兩個人都錯了。女孩堅持過她的平庸生活，當他離開她時，她會這麼說：「我不再和他有任何瓜葛，他是不是欺騙了我，他要不要回來，已經不是那麼重要，我會仍然保持我對愛的理想，以及維持我自身的榮耀。」她如果果真這麼做，我朋友的處境就會很痛苦，既痛苦又難堪，他會不會在哀傷痛苦中暗暗崇拜著她，藉此得到某種喜悅？他的生命將和她一樣就此終止，甚至像一條終止的河流一樣，在音樂聲中扭動著而終止——如果她不能使用這概念來限制她的生命，那麼他就無法用他的痛苦去干預她的往前邁進。

五月三十一日

我的沉默的好友！

她結婚了，和誰結婚我並不知道，因為我當時在報紙上讀到這則消息時，驚訝到手上的報紙都掉到地上了。自那以後我始終未再好好仔細去讀報上的這則喜訊，我回到往常的生活，這就是重複，我什麼都了解，存在變得比往日更加漂亮。這就是所謂的「暴風雨」，竟然由她的高貴行動所引起，不管她所選擇的人是誰——我不會說一句話，但若說就一個做丈夫的品質而言，隨便一個人都會比我更好——她過去對我實在太寬大為懷了，假若他是全世界最英俊的男人，是最完美男性的典範，所有女孩都要拜倒在他跟前，卻只有她博得他的青睞，即使她過去對我多麼寬大為懷，至少她現在把我完全忘卻了。我要問的是，女人的美貌比得上她的慷慨大度嗎？世上的美貌有一天終歸要凋謝，她眼中所閃爍的光芒終究也會熄滅，隨著歲月的凋零，她會變得老邁駝背，即使戴著帽子也掩蓋不住她的花白雙鬢，她的眼神渙散萎縮了——可曾經慷慨大度的她，卻永遠不會衰老。讓存在像往常那樣繼續酬報她，甚至給予她所愛的一樣的酬報，就像其所曾經給予我的酬報那般——我自己，透過她的寬宏大度給予我自己。

我又回到那個往常舊的自己，這個「自己」指的就是以前真正的自我，那個丟在路邊沒人要的「我」，現在我身上的分裂已移去，我又回到了完整的自我，我身上的驕傲所支撐和滋養的憐憫焦慮，再也不會強迫分裂和隔離了。

重複是不可能的嗎？我並未一切都恢復原狀，也許只是重新複製而已？我不再是那原來的自己，但我可以細細品味這個新的自己，並理解其中所代表的意義，世俗良善的重複到底是什麼？以重複的眼光看，這與精神事務無關。約伯的小孩們並未以雙倍的數目回到他那裡，人類的生命並不可能這樣成為雙倍的，這裡只有精神的重複是可能的，儘管在時間上它不可能像永恆裡的重複那麼完整和那麼真實。

我又再度成為我自己，機械再度啟動，捕捉我的陷阱已經被闢為兩半，罩住我使得我無法動彈的魔框已經被打碎，沒有人舉手反對我，我可以完全掌控我的自由，我又再度重生，就像希臘神話裡管出生的接生婆伊莉西亞（Eleithyia）從不為正在勞動的人接生，因為他們沒有自由，沒有自由就不可能重生。

苦難過去，我開始揚帆出海，立刻回到靈魂躁動的地方，在那裡概念和原始力量結合在一起沸騰著，有時鑼鼓喧天，像移民的新國家吵鬧個不停，有時靜得不出半點聲音，像南海最深的深層海底，靜到只聽到自己講話的聲音，其他什麼都聽不到。每一分一秒生命都處在冒險當中，生命跟著一點一滴流失，然後又斬獲無數。

我是屬於概念的人，我跟著概念走，它跟我招手，我就跟著它走，當它召喚我時，我就日夜待命，等著應召。沒有人叫我吃飯，吃飯時沒有人在一旁侍候服務，當概念在召喚時，我就放下一切，或更正確地說，我什麼都不放下，因為我手中什麼都沒有，立刻跟著走，我擁護我的概念，我從不令人失望，也從不令人難過，因為我對我的概念很真誠，我的精神從不會因為別人難過而感到難過。每當我回家時，沒有人要當面報告我什麼，或當面向我問東問西，事實上我根本就沒什麼事情好講，比如表示說，回到家了快樂或不快樂，甚至報告說我的生活成功了還是被擊敗了等等，我從不講這些。

我手上再度拿著一杯滿滿的美酒，我可以感受到它的芳香和如音樂一般的氣泡聲音，首先我要敬她，當我孤獨絕望地坐在角落裡時，她拯救了我的靈魂：我要讚美女性的寬宏大量！思想的翱翔萬歲，投入思想工作的致命危險萬歲，戰鬥的悲慘萬歲，勝利的歡樂呼喊萬歲，在無止境的漩渦中跳舞萬歲，把我沖入無底深淵的海浪萬歲，把我推向天空星星之上的海浪萬歲。

給

X. ESQ 先生

這本書的真正讀者

哥本哈根，一八四三年八月

我的親愛的讀者！

首先請原諒我私下和你交談，的確就只有我們兩個。雖然您是個我所想像的人物，但絕不是多數，單單只代表一個人，因此這是您我之間的個別談話。如果我們認為一個人會基於某種意外的理由去讀一本書，對書的內容毫不感興趣，這絕不會是個真正的好讀者，其實，這樣的讀者並不多，除非他是這位擁有廣大讀者群中的最忠實讀者，他會去讀這位作者的最可笑思想，這恐怕不會是很簡單的一件事情，這是一門藝術，卻最難說服人。我們不妨看看第二世紀古希臘時代的大思想家克萊蒙斯·亞力山德利諾斯（Clemens Alexandrinus），他是當時第一位努力要把基督教思想和希臘哲學揉合在一起的人，卻從未成功過，因為許多異教徒從未了解他在說些什麼。

這位女孩是一位好奇心很重的女性讀者，她每天晚上都先讀正在讀的書的結尾，看看書中的情人最後是不是團圓結合，是有團圓結合沒錯，但男主角永遠不是她所中意的那位男孩，也就是我的那位年輕朋友，她覺得大失所望，這對她來講不是件偶發小事，因為她和一般與她同年紀女孩一樣，她也希望能嫁得如意郎君，如今少了一個合適對象，等於就是少了一個大好機會——一個關心兒子的父親會害怕自己的兒子走和我朋友相同的路線，因此他對這本書不會有什麼好印象，他知道書中所述絕不會為他兒子提供一套現成神勇劍客的制服——一個短命天才為自己創造了一個問題重重的絕佳範例，卻不能輕忽他自己的處境——一位和藹的家庭的朋友，想尋求家庭客廳或茶宴中聊天內容的意義，卻毫無所得——一位現實主義者會認為這一切都是一場徒勞——一位有經驗的媒婆會認為這本書缺點重重，唯一讓她感到有興趣的地方是，如何培養一個女孩去討好她的丈夫，而這是無論如何做得到且是必須去做的——教區的神父會認為這本書裝載太多的哲學，一個嚴肅的大主教會認為我們教徒的聚會並不需要這些，我們並不需要太嚴肅的思想——我最親愛的讀者，我們可以私下兩個人來談這些，因為您可以了解我在書中並未針對任何人發表言論，事實上，我這本書的讀者並不多。

這本書似乎可以為一個普通評論家提供一個有利平台，他大可宣稱這書既不是悲劇，也不是喜劇，也不是史詩，更不是小說或論文或甚至諷刺詩之類，當然也不是中篇小說，他可能會批判，書中竟然找不到黑格爾的三段辯證法，這也許只是個普通評論家，他沒懂那麼多，但他知道言必提黑格爾，才顯得有學問，不管怎樣，我們不能要求一個普通評論家一定要懂辯證法，但他一定要有理解能力，才能知道，再怎麼尖端離奇的概念都離不開宇宙的範圍，整個現象乃極端的困難和複雜，是大大超乎他的想像的，不但充滿辯證，同時相當的複雜難解，他無法理解，他對存在的詮釋是：宇宙萬物終將滅絕。我們無法期盼一個平凡的評論家有興趣去了解有對立面的辯證法，他不願意去了解事物的反面，所有宇宙中的事物都是如此，有正反兩面，你必須去辯證，然後取得和諧。事物的反面存在於宇宙的任何角落，你必須去尋找，然後加以適度引用，這是一個困難複雜的過程，這個反面事物始終以適當而合法的姿態存在著，等待你來發掘，至於不適當和不合法事實上也是存在的，但很容易區辨，你必須去避開。這樣的衝突充滿辯證，而且十分複雜，你必須很熟練去加以捕捉，否則稍縱即逝，好比你要殺一個人，不能一刀斃命，你要讓他存活下來，這有困難度。我們在面對宇宙時，要同時面對其反面事物，這會是一場奇怪的衝突，你所面對的一面是反面事物的不耐煩，另一面是於宇宙在遭遇此一不耐煩所引發的變化時所激發的憤怒，進而兩邊糾纏不清，宇宙對此一反面事物的姿態，正如同上帝對已認罪更新的重度罪犯的態度——至少百分之九十九都是正派人士，心懷寬容的喜悅，但宇宙的反面事物卻不斷露出反叛和藐視的姿態，卻也同時露出自己無能的弱點。整個事件到處都是斷裂縫隙，宇宙猛烈加以反擊，斷裂縫隙卻更加擴大，活力四射和意志堅決的反面事物無法忍受宇宙的憤怒打擊，正如同上帝對罪犯所施加的痛苦試煉無法被罪犯接受一樣，最後為了追求繼續存在，只能成為合法的分支。它一切聽命於宇宙的意志來展現自己，它以宇宙的意思來詮釋宇宙和自己，簡單講，它妥協了。當人們要求想理解宇宙時，只需求諸於已經馴服而合法存在的反面事物，它可以比宇宙本身對事物解釋得更清楚明瞭，雖然反面事物曾經和宇宙互相對立，如今已經互相妥協了，事實上，宇宙在本質上是反對反面事物的，在必要的時候，宇宙還是會施以打擊的，它不會和反面事物顯出親暱樣子，除非反面事物顯出完全馴服樣子，如果不馴服，地位就不合法，根本就不可能表示什麼了，宇宙有任何動靜，它就十分敏感，比如說，宇宙靜止不動，它也不敢有任何反應。好比說，上帝比愛其他人更愛一個罪犯，起先罪犯並不知道，他只看到上帝的惱怒，直到最後他才看出來事情真相，逼迫上帝不得不表示立場出來。

許久以來，人們老是不停談論宇宙的一切，直到變得煩悶乏味，可反面事物都一直存在那裡，如果人們不能解釋這些反面事物，就無法解釋宇宙，大家也許忽略了，每個人平時就不太注意宇宙，頂多只是表面上說說而已。相反的是，反面事物卻始終緊緊抓著宇宙。

在這種情況之下，先行的新秩序產生了，可憐的反面事物終於出現了，我們不能不說這是個好現象，好比童話故事裡，後母生的女兒終於取得了尊貴的位置。

詩人就是類似這樣的反面事物，他起先是貴族和宗教裡反面事物的一員，人們對這樣的角色和他的產品充滿感激之情，我認為這是很值得讚賞的一種現象，我在前面提到的那個年輕人就是個詩人，我自己不是，我頂多就是醞釀某種內在的詩情而已，我始終無法成為真正的詩人，我的志向在別的方面，我對詩的興趣純粹是出於美學和心理學方面的要素。親愛的讀者，你如果就近仔細看的話，你會發現，我在精神上並不是那麼宏偉，並不如我那位年輕朋友所敬畏的那個樣子，其實我對他並不是那麼熱衷，甚至有點冷淡，我只是想好好闡明他的個案而已，我常常把他放在心裡，仔細用心去描寫他，我所寫的每一個字都是和他息息相關，也許有時分心去寫別的，但也大多是和他有關，離不開會指涉到他。即使這一切以哀傷終結，基本上都還是他的風格，至少是他身上某些特性的反映。大體說來，我描寫他的風格算是抒情的，也許人們只會看到他的黑暗面，那會是一種誤解，我盼望你們可以好好理解他，我盡我所能為他做的，正如我現在為你做的，親愛的讀者，都是一種忠實的行為。

一個詩人的生命始於和所有存在現象的奮戰，他在尋求某種確定性和合法性，但他起始第一回合的奮戰卻失敗了。他不能期待每一奮戰都能立即取得勝利，他為他想毀滅自己而做不到時辯護，他的靈魂尋得了宗教情操，這一情操雖未必帶來什麼重大突破，卻讓他能夠持續下去，我的年輕朋友在他最後一封信中所流露的那種狂熱喜悅，即說明了此一現象。他身上始終隱藏有一股宗教情操，在適當時候讓它爆發開來。他無法解釋他身上的這種宗教情操，他也無法理解這種宗教情操是如何提升他在詩中所要表達的意境，他無法理解這個現象，卻大大促發了他作品中的詩意。他解釋整個宇宙是一種重複，但他卻運用另一種別的方式去理解，他看出現實世界即是一種重複現象，重複的概念一直在他的意識中反覆出現，拿他和這位女孩的關係而言，事實即是如此。首先，他是個詩人，他陷入了戀愛，起先他認為這是一樁喜劇事件，他的意識感覺就是如此，但他同時也慢慢感覺到他在受苦，他感受到他的處境之曖昧不清而疑惑：快樂和不快樂，以及喜劇和悲劇。他越感覺他的對象是那麼理想和完美，他就越感覺他的處境是悲劇性的，他感到很不自然，他盡量把他的這樁戀愛事件保持在一種理想的完美狀態，他以一種最佳心情狀態去描述它。他越覺得對方理想完美，就越感受到這是個悲劇，他僅剩下意識的感覺，或更正確地說，他已然喪失了準確的意識，他只剩下辯證的折衷感覺，一切取決於他當下的情感反應，而這又離不開他的宗教情操。因此我們從他前面的信中看來，他好像把這樁戀情看成像是宗教事件似的，然而他一旦解除了他的緊張情緒，恢復了自我，又回到了詩人本色，宗教情操立即隨之不見，遁入地下，隱藏了起來，像個無感的東西躲在地層裡。

如果他有更虔誠宗教背景，就不會成為詩人，他當下所陷入的困境，就不會以詩人的姿態去應對，一切就訴諸宗教，充滿宗教意義，他現在的處境可能又意義非比尋常，也有可能受苦的方向和內涵會大為不同，也許更痛苦，沒有人知道。也許他會以更加鐵腕的堅定姿態來處理這件事情，他會顯現更加明朗的意識狀態，以及更加嚴肅態度，因為他此時心中擁有著上帝，凡事皆以上帝的意旨為依歸，他會思及永恆的問題而不敢草率為之，而實際的現實狀況，對他而言，本質上已沒什麼差別，不管怎麼說，宗教已經為他解決了所有問題，不管事情怎麼演變，他已無須去操煩憂慮了，即使事情出現比他預期的更壞的最壞狀況，他也覺得無所謂了，他不會為此感到害怕。總之，從一開始他會帶著對宗教的畏懼和顫抖，同時帶著對宗教的忠誠和信心，一路走到最後，即使過程有時很怪異，他還是會覺得心安理得。可嘆我們的年輕朋友是個詩人，他的行事風格迥然不同，他無法掌控整個狀況，他甚至不了解他做了什麼，可能的後果會是什麼。一個具有宗教情操的人就不會這樣，對現實狀況的無謂刺激，他絕不會去加以理會。

我親愛的讀者！您現在終於可以理解我們這位年輕人之趣味所在了，也許我只是輕描淡寫一般在談他，但我並不隨意加以藐視，正如同一個女人在生產時所流露的她和嬰兒的關係。就某層意義來講，他是我所生出的東西，我當然要加以照顧，我是長者，我有資格為他講兩句話。我向來有話直說，直來直往，他也相當單純，但我們之間還是免不了產生了隔閡。一開始時，他顯得很優游自在，一副單純模樣，我有時也會調侃他，為了逼他全盤說出實情，但事實其實並不然。我從一開始和他接觸就知道他是詩人，他絕不是一般販夫走卒，言談和舉止，還有教養，都顯示他不是一般平凡人。

雖然從頭到尾都是我在講，我親愛的讀者（我發現你很懂親暱心理學的狀況和感情，所以我才稱呼您為「親愛的」讀者），您還是可以在本書中到處讀到他，您會了解許多關於他的事情。有些時候，當好的情緒翩然降臨時，您可能會覺得他的特殊而讀得很起勁，事後會感覺良好。人的直覺情緒是最準確的，您因此可以接受抒情的東西，也許閱讀當中您會為無意義的笑話或無謂的事務所分心，不過我相信您在事後還是會感到那是無所謂的。

您忠實的作者

康斯坦丁・康斯坦修斯（Constantine Constantius）

譯後記

重新認識齊克果

劉森堯

齊克果（Soren Kierkegaard，一八一三—一八五五）於一八一三年五月出生在丹麥的哥本哈根，這一年剛好碰上歐洲大通貨膨脹，父親是羊毛商人，因為囤積大量貨物的關係而大發橫財，成為巨富。齊克果一共有六個兄弟姊妹，他排行老么，除了他和一個大他六歲的哥哥彼得之外全都早夭。他的父親於一八三八年過世時，遺留給他一筆巨額財產，讓他生活上沒有後顧之憂，可以專心從事讀書和寫作，除了神學之外，他留給後世最有價值的哲學概念就是「存在主義」。二十世紀中葉，當存在主義在世界各地風行並發光發亮之時，他成了此一思潮的先驅，後繼者如杜斯妥也夫斯基和尼采以及卡夫卡，還有後來許多數不盡的註解者和推廣者，像卡繆和沙特，還有赫塞等作家，齊克果成為一代重要思潮的先知，在思想上影響後代千千萬萬人。

齊克果最令人印象深刻者，莫過於在《齊克果日記》裡所設定的「個人」墓誌銘，這很令人大開眼界。西方世界在將近兩千年基督教統御之下，早已不知道「個人」為何物。事實上，早在基督教誕生之前，古希臘時代的哲學中早已存有「存在主義」觀念，在羅素著名的《西方哲學史》一書中，即記載了後蘇格拉底時代「犬儒學派」第歐根尼的許多奇特傳聞事蹟，這是一位個人至上的哲學家，他提倡自我良知以及自然良善和合乎道德準則的行為，他同時鄙視私有財產，更痛恨豪奢浪費，據說他下半輩子都生活在一個大甕裡，只喝水和吃麵包度日，有一天亞歷山大大帝來看他，問他有什麼要求，他只說：「請閃開一點，不要擋住我的陽光！」這和後來十三世紀的天主教托缽僧聖法蘭西斯的行徑幾乎如出一轍，都是自我主義者瘋狂行為的代表，但從隱喻角度看，你不能不說這是典型的人類的「存在」代表，他們都是「存在主義」的先驅。

值得玩味的是，齊克果竟然在研究基督教義中體悟出「存在主義」的真諦，他認為基督教信仰只有在個人自由意志下去信仰，才是真正的宗教信仰，因此他極為反對當時人一出生即是基督徒的國教制度，人不可能在毫無自由意志指引下去信仰任何宗教。他同時在研究古希臘時代哲學時，在古希臘哲學的第歐根尼身上看出「人生是一場重複」的道理。第歐根尼為了反駁前蘇格拉底時代「宇宙恆常不變」的觀念，卻什麼都不說，只在房間裡反覆走來走去，其含意是：人世和宇宙道理一樣，重複而已。

齊克果在其短促的一生當中（他死於一八五五年，享年四十二歲），留下的日記達七千頁之譜（幾乎是三大套《追憶似水年華》的長度，在行文方面，和齊克果相比，普魯斯特的長句根本不算什麼，也就沒什麼好抱怨了）。齊克果的日記，雖如後世學者所言，充滿文學性和詩意，卻都是一廂情願的喃喃自語，對一般讀者而言，我認為價值不大，除非你對宗教和哲學格言式的警語有興趣，或是你想當一個齊克果的學者專家，想徹底鑽研基督教神學真諦或存在主義源頭。就我所接觸有限的齊克果而言，比如大幅節縮版《齊克果日記》、《恐懼與顫慄》、《*Either/Or*》，以及同一時間完成的《論重複》和《哲學隨筆》（都是寫於一八四三年，也就是他三十歲那年旅居柏林之時的作品），很湊巧，一般學者專家咸認這些都是他生平最好的代表作品，很遺憾我並未看出其中有何特出迷人之處，他的寫作文體很笨重遲鈍，很難立即看出他有什麼聰明思想，反而很像聖奧古斯丁在《懺悔錄》一書中談時間問題時一樣，總是把複雜難解或自己不懂的問題全推給上帝。他寫起東西，長句連連，簡直不知所云，特別是其中談論神學部分，根本就是疲勞轟炸，他很討厭黑格爾，特別是他的「折衷」和有關神學的概念，動不動就罵他兩句。總之，他就是要把你的閱讀耐性轟入死胡同，最後逼你不得不罷手，讀齊克果令人懷念起普魯斯特！

坦白講，我甚至懷疑起齊克果是不是患有精神分裂症，我一翻開他的作品，就覺得好像在讀《尤利西斯》或《費尼根守夜》，或是卡夫卡的《地洞》。我認為實情可能就是如此，當時齊克果剛和未婚妻雷金娜（Regina）解除婚約不久，後來又獲悉她很快下嫁他人，造成他心理上極大的震撼，因而間接促成精神失常，這不是不可能，關於這個事件的過程始末，他自己後來全都寫在《論重複》一書裡頭，我忍不住懷疑，從字裡行間的用字遣詞看來，齊克果是不是精神分裂了？他口口聲聲說他極愛對方，可同時卻又認為對方是無法忍受的累贅，無法和他共享精神生活的果實，他老是覺得他人是累贅，正如後來沙特所言，他人是地獄。

齊克果於一八三七年和雷金娜相遇，當時齊克果二十四歲，雷金娜才十八歲，剛剛成年，兩人旋即互相墜入愛河，齊克果會愛上雷金娜，很容易理解，雷金娜出身世家，年輕貌美，而且聰明伶俐，口齒清晰，可雷金娜會愛上齊克果，就很難令人理解了，難道她愛他的財富和才情？根據齊克果哥哥彼得和侄兒的說法，齊克果除了臉部俊秀之外，其他身體部位實在很不一般，他甚至有駝背，整個形體看起來有點猥瑣，他們形容他「很滑稽，身形弱小，心智巨大」，這雖然是安慰話，卻距離事實不遠，據說還曾經有小孩晚上在哥本哈根街道上玩耍時被他驚嚇過。

他們在一八四〇年訂婚，準備共結連理，可隔年齊克果卻後悔退婚了，為什麼後悔退婚？這似是任性行為，造成對方極大的尷尬處境，乍看好像很難理解．其實從今天精神分析角度看．並不是那麼不可理解。我們的哲學家在一八四一年的日記中有大篇幅描述這件事情，他甚至說雷金娜還跟他強調，她是因為憐憫他而打算嫁給他！當然這是愚蠢的說法，從雷金娜的家庭教養看來，應該不致笨到會講這樣的蠢話，當然從我們歷來經驗所見，戀愛中的男女之間，都是口無遮攔，什麼蠢話都說得出口，但我認為那極可能純粹是齊克果自身自卑心理的反應和想像，他的心理狀態已經不是很正常了。齊克果說他患有「憂鬱症」，不適合婚姻生活，不過我敢大膽判斷，他即使沒有憂鬱症，要過正常婚姻生活也是很難，後來的卡夫卡也藉口說自己患有肺病而和未婚妻解除婚約，我認為這些人都有精神上的問題。我們也許可以從性心理學或心理分析觀點來看待齊克果這件事情，後來佛洛伊德的一位匈牙利弟子費朗齊曾研究過身體缺陷和性心理學的關係，也許他可以解答這個問題。齊克果後來把這事件寫在《論重複》一書裡頭時，特別把重點著重在當時剛剛萌發的心理科學基礎上面，懊惱外加愧疚，並躲入《聖經》裡頭，藉以尋求救贖，但他沒談到自卑心理學（也許當時此一概念尚未風行），我認為語焉不詳，一個男人要拋棄一個女人，或一個女人要離開一個男人，理由百百種，我們必須從心理學層次去尋找。十九世紀上半葉，巴爾札克在寫他那精采的中篇《棄婦》時，要表達被遺棄女人的憤怒情緒，頂多就像是一顆「燃燒的火球」滾來滾去。很奇怪的是，巴爾札克一輩子小說寫個不停，卻幾乎從未觸碰心理學，他筆下的棄婦，只能在心中燃燒著熊熊的復仇之心，伺機而動，給對方措手不及，死無葬身之地，如此而已。齊克果生活中的棄婦，她並未燃燒出熊熊的報復之心，她只是以最快速度的迅雷不及掩耳姿態下嫁他人，如此而已。

除了「個人」概念的存在主義思想之外，齊克果在他早年的日記裡也表達過他的「存在主義」概念，比如一八三五年二十二歲時的一篇日記這樣寫道：「我要先弄清楚自己的意向，不是要知道什麼，而是要做什麼。我要依上帝之意旨去尋求真理，並依賴此一真理去生去死。」這是很冠冕堂皇的話，當年杜思妥也夫斯基在離開西伯利亞流刑地的苦刑之後，尋得了心中真正對神的堅定信仰，也說過同樣的話，這恰恰正是以行動哲學為依歸的「存在主義」思想的核心要旨。存在主義除了是個人主義和人文主義之外，這還是一個行動的哲學，齊克果一輩子像是個象牙塔內的作家和思想家，處優養尊，他不像杜斯妥也夫斯基是經過苦刑煎熬才得到信仰的真諦，他完全欠缺行動能力，以及對痛苦人生的深入思考和探索，他最終只能在神學問題上高談闊論，反而在神學問題上，他發現了「存在主義」。

一八五五年九月，有一天，丹麥的國教牧師索倫・齊克果被發現暈倒在哥本哈根的街道上，經路人送醫搶救，在醫院躺了一個多月後與世長辭，享年四十二歲，我們哲學家最後只這樣說道：我在經歷一生的巨大痛苦後，終於得到了安息！

九歌譯叢 065

論重複

Repetition

國家圖書館出版品預行編目 (CIP) 資料

論重複 / 齊克果 (Søren Aabye Kierkegaard) 著 ; 劉森堯譯 . -- 初版 . -- 臺北市 : 九歌出版社有限公司發行 , 2024.03
面 ; 公分 . -- (閱九歌譯叢 ; 65)
譯自 : Repetition.
ISBN 978-626-7276-42-6(平裝)

1.CST: 齊克果 (Kierkegaard, Soren, 1813-1855) 2.CST: 學術思想 3.CST: 哲學

149.63　　113000901

作　　者 —— 齊克果（Søren Aabye Kierkegaard）
譯　　者 —— 劉森堯
責任編輯 —— 莊琬華
創 辦 人 —— 蔡文甫
發 行 人 —— 蔡澤玉
出　　版 —— 九歌出版社有限公司
台北市 105 八德路 3 段 12 巷 57 弄 40 號
電話／ 02-25776564・傳真／ 02-25789205
郵政劃撥／ 19382439
九歌文學網　www.chiuko.com.tw
印　　刷 —— 晨捷印製股份有限公司
法律顧問 —— 龍躍天律師 ・ 蕭雄淋律師 ・ 董安丹律師
發　　行 —— 九歌出版社有限公司
台北市 105 八德路 3 段 12 巷 57 弄 40 號
電話／ 02-25776564・傳真／ 02-25789205
初　　版 —— 2024 年 3 月
定　　價 —— 280 元
書　　號 —— 0130065
I S B N —— 978-626-7276-42-6